MW01441357

LA QUIJOTERA

Cuentos de Criaturas Urbanas

Fabiola Mosca

Título La Quijotera, Cuentos de Criaturas Urbanas

ISBN: 9798335368711

LIBROS CON ATENEA

Los días negros

"No era mentira el túnel con orejas de liebre ni aquella cacería de invisibles mariposas nocturnas."

Olga Orozco

Miró el reloj y faltaban cinco minutos para las nueve.

Aparecieron en viñetas de una historieta, una joven de veintidós años y un hombre de unos cincuenta y ocho tomados de la mano, huían de la ola de asaltos y violencia. Cruzaron la calle hacia un edificio sencillo pero seguro del barrio de Saavedra. Una cámara hizo un plano detalle de la trenza negra de la joven cayendo sobre la espalda y se volvió más allá del puente que separa la ciudad de Buenos Aires del resto del país para hacer un zoom sobre los fuegos que cortaban las carreteras, otro día más.

Rápidamente instalan las oficinas del Hombre en el sexto piso, y retoman el trabajo los mismos que le hicieron saber de la seguridad del edificio, pero sin revelar el misterio. En un constante bullicio entran y salen, tanto en las horas del sol como en las horas del neón, iluminados por haces de luz y sombra que penetran por las persianas entrecerradas desde la avenida Cabildo.

Esa actividad la aburre y la joven decide explorar el edificio y conocer a sus nuevos vecinos. Uno de ellos la va atrayendo con el imán de lo que ha escrito durante años y ha mantenido en cajones bajo llave. Con el propietario del último piso comparte todas sus charlas y las lecturas que reflejan su yo verdadero.

Nuevamente sola, se pregunta si debería comentárselo al Hombre; si fuese escritor, debería conocerlo, pero prefiere el silencio a arriesgarse a ser interrogada. Nunca lo ha visto salir, pero sí permanecer horas en el hall de entrada con los ojos clavados en la calle.

¿Quién le hace los trámites de su abultada cuenta bancaria? Papeles que también guarda bajo llave.

Comienza los preparativos para casarse con el Hombre siempre ocupado. Una noche que él debe asistir a una reunión en la Quinta Presidencial de Olivos, muy cerca de ahí, sube y toca el timbre. La estaba esperando, con los ojos la conduce a la cama donde transpiran las horas del éxtasis. En la ferocidad desconocida ve la pantera negra en que se ha convertido y quedan largo rato mirándose. Tranquilamente regresa a su departamento.

Esa noche vigila el edificio como lo ha hecho todas las noches en los días negros.

Transcurren unos días y vuelve al último piso, abre la puerta sin llave y en el sillón de terciopelo negro como la piel que la envuelve descansa mansa la fiera. Se acerca para sentarse a su lado e inesperadamente la ataca. Corre hacia la puerta y percibe la garra rozándole el hombro. Aparece la portera, que la conduce por las escaleras hacia una puerta secreta. Mientras esperan a que el peligro se aleje, desde otras puertas se siente observada por miedosas miradas que en la oscuridad no alcanza a distinguir. Esos seres extraños, le explica, son mendigos que él alberga en su piso. Desde una pequeña ventana miran la terraza y ahí está ella, belleza de brillante negro sobre las baldosas rojas. Entonces recién ahora se atreve a preguntar: ¿por qué no la ataca a ella? Desde la cabeza enrulada de la blonda mujer se dibuja un globo y la joven va leyendo la respuesta: “Nadie ataca al que le da de comer”.

En el atardecer del frío invierno escuchan a los niños que salen del colegio cantando “Aurora”; el purpurado cielo se mezcla con el ruido de las cacerolas que se preparan para enfrentar la hambruna. Montaje encadenado de águila guerrera, punta de flecha, colores, cielo, mar, levantan vuelo triunfal.

No se iría; a pesar de todo ahí estaba segura y en ese lugar tendría que encontrar una actividad que enriqueciera sus horas de ocio.

Mientras, las computadoras del sexto piso seguían recibiendo información de todo el mundo y transmitiendo las noticias locales con la pantera sobre su cabeza.

Abre los ojos y vuelve a mirar el reloj: ya son las nueve del 20 de junio. Se vestiría e iría al acto del Día de la Bandera y una vez más cantaría Aurora.

Mudanza

Antes de cambiarme al nuevo departamento en un antiguo edificio, mi padre y otros cuatro hombres fueron a hacer la mudanza. Mi hermano fue el primero en llegar, llamó a mi madre para darle la noticia: la mujer de la planta baja había muerto. Al llegar, se encontró con cintas que cercaban el departamento de la mujer y un policía en la puerta. La hallaron en la bañera y habían calificado el caso como muerte dudosa.

El edificio tenía noventa años, era la época del recambio. La antigua propietaria, a quien le habíamos adquirido el departamento, nos advirtió que nos cuidáramos de la mujer que vivía al lado de la puerta de entrada, ya que había comprado su departamento en sociedad con su abogado, haciendo ciertas tramoyas. Fue la única persona del edificio que estuvo siempre para saludar a toda mi familia cada vez que fueron, acariciando a la bebé de mi hermana, encantada de que vinieran niños.

Cuando llegué al departamento, latía la energía de toda la familia que se había reunido, la de mi padre con sus hermanos recordando sus historias de niños hizo que el departamento se perfumara de nuestros ancestros. Ahora solo quedaban mi hermano y mi hermana con su familia. Los veía andar por todos los cuartos del departamento como sombras en un segundo plano.

Al abrir la puerta, la veo a ella, la gata negra que intenta hacerse una con mi cuerpo. Comienza a cruzarse entre mis piernas acariciándolas y pegoteándose a mí. Apuesto a que la trajo mi hermano, que siempre ha traído todo tipo de animales. A la casa frente a la plaza Belgrano había llevado un pájaro negro como un cuervo, que revoloteaba en círculos por el techo de la cocina. El cuerpo de la gata era de un negro brillante, la cola larguísima y no dejaba de moverla hacia arriba. Pero, a pesar de su brillo, lucía opaca como si estuviera quemada o chamuscada. Sin despegarse de mis piernas, buscaba que fuera yo quien la aceptara.

Le pregunté a mi hermano por qué la había atraído e intentó excusarse diciendo que la había encontrado en el pasillo de la planta baja, entre las escaleras y el antiguo ascensor. Ella seguramente había visto lo que había sucedido y logró salvarse. Intentó rescatarla del abandono para que tuviera calor familiar. La miro y en la cara oscura veo como un antifaz de lastimaduras le rodea los ojos.

Todos están en otra atmósfera, dan por sentado que ella ya está integrada a nuestra historia. Mi energía está entre mi hermano y ella, la arrincono frente a un mueble y la miro de frente. La levanto sosteniéndole las patas delanteras. La veo lastimada y se transforma en una niña, más bien en una mujer pequeña, una miniatura, una muñeca. Siento la alegría circular ante la llegada de un niño. Comprendo que ella va a estar en nuestro futuro, que conservará su antifaz de lastimaduras, recuerdo y marca de su pasado.

La quiero, nos miramos largo tiempo, nos necesitamos la una a la otra, y con el ojo del

Buda veo preocupada que en ese futuro ella se hará preguntas:

- ¿Por qué tiene ese antifaz que nosotros no tenemos?
- ¿Será adoptada?

Miedo que compartíamos con mi hermana y con otros niños del barrio. Miedo a la verdad, miedo de su futura certeza, saber con seguridad "eso". Recordé a Rubén, un vecino del barrio de Villa Urquiza, que cuidaba los jardines, las rosas y los peces de un Kaikan japonés. Decía que cuando hacemos una primera visita a un nuevo hogar, la oscuridad fundamental o demonio llega primero que nosotros a abrirnos la puerta. Ahora también lo siniestro se había adelantado antes de que yo traspasara la puerta.

Mientras en la calle, con el sol del mediodía, la señora que todos los días se ocupaba de los 55 gatos del departamento de dos ambientes, que los dueños destinaron solo para que vivieran gatos, cruzó a la agencia de quiniela *La gata de la suerte.*

Adentro es de noche. Intento dormir, y cada cinco minutos escucho el colectivo 132 que, al doblar la esquina, emite el mismo sonido que el grito de un elefante al levantar su trompa. Ese sonido elevará todas las noches mi cama hacia el cielo de Buenos Aires.

Señorita Rastafari

Una de las tantas tardes de actriz, me visto de negro, blusa estilo Rihanna y minifalda, sandalias y cartera rojas, y recojo mis largas rastas azules con una hebilla. En una enorme bolsa de Kenzo verde manzana llevo los vestidos y zapatos más coloridos que encuentro en mi placard para "componer un personaje audaz", así lo dijo por teléfono el dueño de la productora Maldito Domingo. Se hacía llamar Max por Pécas, y aunque producía películas clase B de corte erótico, también hacía dos o tres películas al año basadas en obras literarias, y ahí yo quería debutar en algún rol interesante.

¡Día de casting! Tarde de calor en Barcelona, 39 grados, mareada por la baja presión, indispuesta y con la cabeza explotándome, bajo las escaleras, abro la puerta y me invade la calle caldera. Desde la calzada de fuego detengo un taxi y le pregunto si 20 euros me alcanzarán hasta El Born, él asiente con la cabeza. Busco la dirección del lugar que no sé si es mi destino o un lugar de paso.

— Tuvo suerte, Señorita Rastafari, soy muy hábil con los semáforos — es muy simpático y jugamos a esquivar semáforos en rojo, el taxi como un dragón veloz avanza por las calles del sábado caluroso y solitario.

— Tengo rastas, pero no profeso el rastafari, y más suerte tuvo usted, el que me conoce gana la lotería.

— Le prometo que si nos volvemos a encontrar, con la plata que me gane la voy a invitar a tomar champán — y entregamos nuestras risas a la tarde de sol.

Llegamos. Bajo mis cosas y me despido: — Que sea Mezcal. En su taxi dragón me sentí La Chinoise — le sonrío guiñándole el ojo.

Toco timbre y me miro en un gran espejo que da a la calle. Un joven viene a recibirme, lo acompaña una chica rubia de mi edad que lo despide con un beso en la mejilla y se va. Lo saludo y lo sigo, es el asistente de Max. Luego que cierra la puerta, comienzo a sentirme rara, con menos energía, la sonrisa se borra, vuelvo la cabeza y veo que las risas quedaron desparramadas en la acera.

Me conduce a la oficina de Max, lo saludo con un beso, es la segunda vez que lo veo, la primera entrevista estaba con mi amiga Alana, también actriz e hija de uno de los guionistas que trabajan para él.

— Pensé que no ibas a venir — me dice asombrado de verme.

— ¡Cómo te iba a dejar plantado, si me llamaste para una audición!

— Sí, pero como Alana se va a Londres, imaginé que irías a acompañarla al aeropuerto.

— Te manda un beso — digo mientras me acomodo en el sillón con todas mis bolsas — me pidió que te hiciera acordar de que le pases las direcciones de tus amigos productores de Londres. Alana se las había pedido una vez y se las negó. Le prometí antes de irse que le insistiría hasta conseguirlas.

Tengo la cabeza en blanco y cada vez menos energía.

— Siento que estás down. Estás nerviosa.

— Indispuesta — le contesto. Me siento asfixiada, ahogada, son las 3 y media, el aire de la habitación se siente pesado y denso como una niebla estival.

Me da Coca-Cola que saca de la nevera, logro ver una parte del plató, distintos escenarios y un pasillo que conduce a los camerinos. Desde las torres de enfrente penetran por la ventana las voces vintage de Cristina y Alberto de "Amistades Peligrosas".

♫♪ "¡Qué calor! Peligro de Muerte

♫♪ No tocar ¡Qué calor! échale más leña al fuego que es abrazador Verte pedirme más ♫♪ Me quemas con la punta de tus dedos ♫♪ Tus dedos hacen llagas en mi piel ♫♪ Me quemas con tu lengua que es de fuego ♫♪ la sangre hierve o no lo ves ♫♪ Sabes cómo mantener la hoguera ♫♪ Me haces sudar, me haces volver a ti ♫♪ na na na na ♫♪ Max tararea al ritmo de "Me haces Tanto Bien".

Alana me había contado que apuntó del periódico una dirección donde solicitaban actrices y fue a un edificio casi abandonado. La recibió un joven que estaba solo y drogado, poniéndole un cuchillo en la cara la obligó a desnudarse. Alana le habló hasta calmarlo y logró escapar. Temía que su padre se enterara. Tenía una importante trayectoria en la novela histórica, reconocido escritor. Era guionista porque le gustaba el cine. No ganaba mucho, pero le importaba ser parte de la industria cinematográfica.

Intuyo que esta película no es la que deseo, sino todo lo que odio en el cine: un policial erótico, con abundantes escenas de sexo y violencia. Me muestra fotos de escenas entre mujeres. Me asquean. La cabeza me pesa como si fuese de plomo.

Con el asistente, que es egresado de una escuela de cinematografía, hablamos del cine que nos gusta. Peter Greenaway, "The Pillow Book"; Max callado nos observa molesto y nos interrumpe: — Well well, empecemos con la prueba, tu personaje es una prostituta que enloquece, va a terminar en el manicomio o en una cárcel. Aún estamos haciendo el libreto. Hay escenas eróticas entre mujeres y orgías.

— Me gustó "Eyes Wide Shut" de Stanley Kubrick, me bajé de iTunes "Strangers In the Night". Mejor que la de Frank Sinatra es esa versión. El actor está genial en ese rol, ella me gusta más en el filme "Los Otros". Max sabía por lo que habíamos hablado en la primera entrevista que esas películas no me interesaban hacerlas. Las chicas de las fotos que me mostró me parecían más prostitutas que actrices. Deseo escapar, pero si me voy, no tendré oportunidad para las películas que yo deseo. Pienso que siempre debe haber sido así: empezar en cine, pagar el derecho de piso. Y recordé que en la novela "Blonde", "Somos putas de categoría", le decía Ava Gardner a Marilyn en el capítulo "Belleza de Alcantarilla". Voces de Mujeres en letras de Joyce Carol Oates.

Max siguió: — Tu personaje tiene una escena en un manicomio rodeada de ratas. ¡Qué pedorrada! pienso. No quiero hacer ese personaje, pero no se lo digo. Para comenzar la improvisación, me saco la minifalda, las sandalias, me siento en la alfombra y comienzo a dialogar con las ratas. Mi cara se transforma, tiene una expresión de desconcierto en semejante situación y lugar. Me gustaría ser una rata de "La ciudad de las ratas" de Copi. Max no lo leyó. Si se puso Max por Pécas, debería decirle que los franceses leen. ¡Más en Barcelona, que nadan en libros, las ratas!

Trato de concentrarme: — ¡Rata, rata, no me dejes! — digo buscando una.

— Cuéntame tu vida.

— Bijou, la reina de las prostitutas, bañada en erotismo. Mis dedos de plumas acariciando la piel de los hombres, coágulo de estrellas y un gélido erotismo. Bijou, tan reina y tan rata. ¿A Marilyn la mató el poder? ¿A Kennedy lo mató Sam Giancana por meterse con su chica Judith Campbell? ¿Quién mató a Giancana? La lengua de Campbell se le soltó a tiempo — le digo a Max — ¿Por qué no haces un policial político? ¡Con tanta mafia en el poder!

— ¿De dónde piensas que sale il soldi? Te cuesta concentrarte. ¡Eres dispersa, vos!

— ¿VOS, CHE? Método Strasberg Relajación más Concentración igual a Imaginación — repito en voz alta.

— Larga lo morboso, ratonéate — intenta golpearme la cabeza y lo esquivo mientras me dice — debe sonar hueca tu cabeza — intenta volver a golpearme, ahora con los dos brazos. Lo sigo esquivando. Le gano, tengo mejores reflejos que "El hombre del brazo de oro". ¿Será heroinómano, como el personaje del filme de Otto Preminger? ¿Qué actor no desearía hacer ese personaje? ¿Por qué no hizo que tocara la batería más tiempo? Quería oír tocar a Frank la batería, no verlo con los naipes. Play Not Game. Las drogas deben ser un juego.

— ¿Qué pensás, vos?

— ¿VOS? Again! ¿Pensás? Pienso en la música de Elmer Bernstein, en un baterista de jazz de un filme, en un actor.

El asistente entra para decir: ¡Genial "Whiplash"! De las películas de Drummer ¡la best! El montaje es una master class de Tom Cross, apúntalo.

— ¡J.K.Simmons, apúntalo para tu película! ¡Master de Actors, el Simmons!

— ¡Sos dispersa, Vos! Si te gusta tanto la música, dedícate a eso — con la cabeza le ordena al asistente que se retire.

— ¡Vas a ser un gran director! — le grito — si logras hacer lo que te guste. Bueno, por lo menos tienes buen gusto.

— Yo prefiero a Sinatra, y hacía un personaje genial. Te perezco viejo.

— Me, too — sigo pensando que debería haber tocado la batería. Sinatra, no creo que no pudiera aprender y era un filme adelantado a esa época. ¿Qué tienes en el maletín negro?

— ¿Consumes? Tengo de la mejor.

— No, no quiero. Supongo que es cocaína. ♫♪ Cocaína cocaína ♫♪♫♪ Marihuana Marihuana ♫♪

Saca un sobre blanco e intenta hacerme aspirar la cocaína. Le clavo las uñas y con la otra mano, como una garra, le tiro el polvo blanco lejos. Me grita: —¡Loca! ¡Es carísima y la desaprovechas!— Intenta golpearme en la cabeza otra vez y me coloco a una distancia considerable para que no me alcance.

—Continúa improvisando, nena. Concéntrate en soltar lo morboso con las ratas. ¡Saca tus ratones!

No se me ocurre nada —le digo. Esquivo otro golpe. —¿Qué tienes con mi cabeza? ¿Qué te molesta, que sea inteligente?— intento un golpe de mordacidad que no creo que le importe.

—No quieren salir mis ratones— abro la boca y salta un ratón y otro ratón y otro— mi ejército de ratones que eyaculan sangre y no semen, mis ratones ensangrentados. Con su sangre en hilos finos voy a hacer barrotes verticales en las cuatro paredes de la cárcel y barrotes circulares hacia el techo, subiendo en espiral hasta hacer el centro en Dios, el gran ratón eyaculador de sangre que no ve a la pequeña rata, tan encerrada acá abajo.

Max corta la improvisación.

Jackie Kennedy fue a ver "Garganta Profunda" en un barrio de Nueva York. La vi en el documental del film contra la censura de Nixon en un país donde la política también es un espectáculo. La violencia de género que sufrió Linda Lovelace a punta de pistola, su marido la hacía hacer las escenas pornográficas. "Linda XXX", en 2022 mujeres por los mundos marchaban para reclamar #NiUnaMenos, voces contra los golpes. Miles de chicas seguían desapareciendo o apareciendo muertas, violadas, drogadas; una estrella de la década de los 70 con el clítoris en la garganta, activista feminista, otras entre miles, oscuras y prisioneras de la red de traficantes. Susana Trimarco sigue buscando a su hija entre tantas desaparecidas, obligadas a prostituirse. Bilbao, Burgos, Vigo, sufrir golpes, obligadas a drogarse, peor es el maltrato mental, violencia de palabras, decir belleza de alcantarilla, decir de una mujer. Joyce Carol Oates es más violenta, prefiero a Margaret Atwood. Chicas bailarinas, cuentos, los sesos de J.F.K en las manos de Jackie. Con los sesos se hacen los ravioles, italian food, la sangre salsa, en las manos bandeja de Jackie el día de la avispa. Y salir corriendo se escuchan dos mujeres dialogar en los camerinos. "*El asesinato en el Barrio Privado Carmel, en el 2002, Missing Children investigaba el tráfico de menores en la provincia. Al otro día en todos los diarios, se acercó a ella y a la amiga, las besó, fogonazo de fotógrafos, se persiguieron con que habría un auto para llevarlas a la quinta, huyeron. Al otro día la avispa era primera plana en todos los diarios, la otra pregunta ¿dónde? ¿en la Feria del libro de Buenos Aires?, una rubia misteriosa iba en el helicóptero cuando mataron al hijo.*"

Max prosigue: —No te relacionas con el Morbo.

No conozco a ese hombre —intento seguir escuchando la conversación de las mujeres, se me hace que no son tan jóvenes, pero si Max habla ya no logro escucharlas.

Max es un gilipollas pero decido continuar. Me muerdo los labios para no decirle que si quiere se lo termino yo al guión, espero que el guionista no sea el padre de mi amiga, sería cruel que hiciera esta merda.

Me lleva al baño y me pone frente al espejo, el atrás mío.

—Te gustan los espejos.

—"Los espejos velados" la mujer que no se ve sino que ve el rostro del hombre cuando se mira.

—En esta escena aparecen los primeros signos de locura del personaje.

Me desprendo la blusa, tengo un sostén negro de puntillas, sigo parada frente al espejo le pido Coca-Cola, el asistente me trae un vaso. Le pregunto el nombre porque quiero continuar hablando con él me parece interesante, aunque muy sometido a Max y lo que más me molesta en el mundo es la falta de carácter.

—Billy Wilder u Otto Preminger — llámalo como quieras que viene. Ahora vete Billy — le ordena mientras baja la tapa del water closed y se para sobre ella, puedo verlo por el espejo su cabeza encima de la mía.

—Quiero ver las expresiones de tu cara. Muy cinematográfica, tienes un parecido a...

—Siempre tuvimos problemas con los sanitarios, compras caros y se rompen —lo interrumpo.

Esta improvisación la hago en cámara lenta, me suelto el pelo y voy recogiendo las rastas llevándolas hacia la nuca, me mira silencioso.

—Veo un hombre siempre encima mío, encima de mi cabeza. Tomo Coca-Cola y me mojo los dedos, acaricio la piel del cuello los brazos los senos —piel pegoteada de Coca —me hago una corona con papel higiénico.

—Acuérdate que eres una prostituta.

—Soy una prostituta —me saco la corona rompiéndola, los papeles dispersos sobre el lavabo.

—Eres una prostituta, ve por el lado de lo morboso.

—Veo un un un hom bre de trás del es pe jo un hom bre que se lla ma Mor bo so —tiro el papel higiénico como si fuese dinero —un hom bre con mu cho di ne ro —la cámara lenta se hace torna más lenta —quie ro el mun do y ser due ña de la tie rra soy una mu jer vam pi ro

—Eres una prostituta.

—Soy una prostituta los hombres me dan dinero me dan su sangre pros ti tu ta mujer vampiro.

—¡Manifiesta lo morboso!

(¡Me cansó este Max!)

—Mi espejo está ve la do hay un hombre del otro la do del espejo torturándome (Quiero ser libre, aprieto los dientes, el espejo no devuelve mi rostro, quizás el mío quedó atrapado en otra realidad y otro tiempo detrás del espejo).

—Estoy en ce rra da en el espejo voy a apre tar los dientes y ser frígida sin sentir voy a ser libre.

Max decide terminar la improvisación: "No puedes relacionarte con lo que te pido, llevas todo para el lado de la sangre y la mujer objeto."

—Estoy en mis días femeninos. Soy mujer, estoy indispuesta.

Entramos al living para la tercera improvisación.

—¿Dónde puedo cambiarme?

El asistente me conduce a una salita que está ambientada como consultorio dental. Me pongo un vestido de noche muy ceñido al cuerpo de color cereza, me saco las bragas y vuelvo al living.

—Bueno, así es otra cosa tienes un bonito cuerpo ¡un físico de la ostia!

Las palabras me retumban en el cuerpo, no me lo dijo mal pero me sonó agresivo.

Improvisación Verde pistacho Hip Hop

Llama al asistente y le da un rol, yo sigo con el rol de prostituta y él es un proxeneta que me explota junto a otras chicas en la calle de Madrid "La Gran Vida", Billy también tiene pelo corto pero una larga cola de rastas que lo notas solo si lo ves de atrás.

—Me recuerdas a Jake de Miel Americana, el personaje de Shia LaBeouf.

—Tú eres parecida a Star. Ahora somos Star y Jake podemos hacer una película de rutas urbanas por la grasa de las capitales, París, Roma, estaría bueno también ir a Oaxaca y al Machu Picchu, y terminar en Río disfrazados de Carmen Miranda.

—No usaba bragas Carmen, yo me las quité, voy a ponerme un vestido parecido al de Star. La película podría llamarse Dreadlocks y así se llamaría también nuestra tribu urbana.

Rápido me cambio y vuelvo con un vestido corto color verde pistacho, traigo papel Crepe: "Podemos teñirnos las rastas, tengo colores verde, violeta, fucsia, rojo, naranja, el grupo de música de mi hermano se tiñe de colores en las giras."

—Está Mara BeBooP en los camerinos, le decimos que nos tiña antes de que se vaya a maquillar a los teatros de Madrid.

—Vale, vamos.

Corremos hasta el camerino, donde está Mara con una Maga de Oz.

—Hola Mara BeBooP, maquíllanos que nos vamos a hacer una película de ruta por las ciudades.

—Me prendo —ríe Mara BeBooP entusiasmada —Alicia en las ciudades, a las 8 tengo que volver a los teatros. Empecemos por las uñas, una de cada color, te sentará bien.

Asiento con la cabeza. Me vuelvo a una Maga de Oz: —¿Es un personaje o eres maga de verdad?

—Te predice el futuro —contesta Mara Be-Boop.

Son las dos jóvenes, no son las mismas voces que escuché antes, debe haber más gente en los camerinos.

—Te tiro el I Ching —me dice una Maga de Oz —concéntrate en una pregunta —y tira las monedas.

Lo hago y me lee lo que me salió: —Éxito por la perseverancia —dice una Maga de Oz y mira a Jake / Shia LaBeouf que está parado en la puerta —sirve para ti también. Si van a rodar juntos.

—¿Sabes astrología? Yo sé que soy de la generación Plutón en Sagitario, mi hermana también, mi hermano Plutón en Libra y mi madre Plutón en Virgo, ¡va a salvar el mundo mi madre! Anda en la onda del reciclaje de ropa, bueno recicla todo, tengo que usar bolsas con marcas de los 90 para no contaminar más el planeta, mi abuelo es generación Plutón en Cáncer, con mi hermanita lo admiramos.

Se escucha la voz de Max que nos llama.

—¡Seguro es Plutón en Leo!

—Vayan —nos dice Mara BeBooP —luego nos podemos ver en el teatro, una Maga de Oz va y subimos fotos a Instagram.

—Yo sigo a ilustradoras coreanas. ¡Vale! ¿Cómo van a llegar a las 8 a Madrid?

—¡Volando en escobas! —al unísono Mara y una Maga —salimos todas las Magas de Oz juntas.

—De American Horror Story me gustó Aquelarre, otro día podemos lookearnos.

—¡Dale! Vuelve cuando quieras. —unísono Be-Boop & Oz.

—También mi gata tiene rastas.

—Naaaaa —tercer unísono BeBoop & Oz.

—Se le hicieron solas, pueden venir a conocerla, aunque siempre está en la terraza, se me escapa.

Corremos con Jake, que sugiere que nos llevemos un Winco del plató para la improvisación. Lo usamos para hacer el Hip Hop, cantamos y nos contorneamos frente a Max ¡YUP Dreadlocks! ¡YUP Dreadlocks! ¡YUP Dreadlocks! ¡YUP Dreadlocks! ¡YUP Dreadlocks! ¡YUP Dreadlocks! ¡YUP Dreadlocks! ¡YUP Dreadlocks! ¡YUP Dreadlocks! ¡YUP Dreadlocks! ¡YUP Dreadlocks! ¡YUP Dreadlocks!

—¿Conoces a los Automartin? Hacen un mix de imágenes y sonidos geniales.

Saltamos hasta cansarnos y nos zambullimos en los sillones, agotados pero felices.

—Tomemos un helado —lo buscamos en Tumblr, elegimos el cucurucho turquesa con pistacho móvil. —Buenísimo —nos miramos con Jake mientras le pasamos la lengua.

Max no dice palabra, solo nos mira, tuvo demasiada paciencia, no nos interrumpió, no sé por qué. Suena el timbre. Llega otra chica, es voluptuosa con bastantes kilos de más, diría que es gorda y tiene más de treinta, Jake se ocupa de ella y Max me pide que lo siga a la sala consultorio dental, cierra la puerta. Me cambio delante de él, no se me ve nada.

—¿A qué le temes?

—Quiero ser actriz no prostituta.

—Es un personaje que debes componer.

—Creo que no tienes claro lo de la composición del personaje, ser prostituta es un trabajo, actriz de cine porno es otro trabajo y actriz es diferente a lo que yo pienso que tú piensas. La mujer no es un objeto. Te lo repito: LA MUJER NO ES UN OBJETO.

Me visto, quiero ponerme la braga en el baño, pero siento que todavía no terminó la lección y no puedo pedir permiso; y falta bastante para el recreo.

—Quiero que te sientes en mis rodillas. —Está sentado en el sillón donde se sientan a los pacientes.

—¿Es para un film erótico este decorado? El sillón es de verdad. Pues a mí se me hace que el dentista es un personaje para una de terror. Yo quiero ser una actriz, no sé si buena, pero hacer roles bizarros como los del los filmes del Festival de Sitges. O un rol tan bueno como el que hizo Beatrice Dalle en Betty Blue.
—No hay nada de malo en estar sentada en sus rodillas, me siento cómoda como si fueras asexuado, como si fueras un andrógino.

Me pide que me siente en una silla frente a él:
—Desnúdate, voy a masturbarme.

—¡Ehhhh! Stop con esa locura. Para eso debes pagar.

—Te pago. ¿Cuánto pides?

—No a mí, debes pagar a una profesional del sexo.

Vuelvo a escuchar las voces de las dos mujeres que conversan en los camerinos. "*Una voz con un corsé blanco, la directora de la agencia de promociones, llamó y avisó que le mandaba una actriz. Me anotó la dirección y abrió la puerta una secretaria. Era un estudio de abogados. Me hizo pasar a su oficina, en el escritorio había fotos de su mujer y sus hijos pequeños. Me dijo que el padre había ocupado un puesto importante durante la dictadura militar, que él quería ser actor e iba a producir un policial. Tenía en mente a Luppi, Brando y Aleandro para los protagónicos. Ahora sí, los personajes de las chicas hacían desnudos y quería verme desnuda. Le hice saber que no me interesaba y no creía que Aleandro hiciera esas películas. La secretaria le pasaba los llamados. Estuvo hablando un largo rato, supongo que con la esposa. Conmigo también habló dos horas. Me dijo que solo me sacara el corpiño si me daba vergüenza hacer un desnudo total. Me encontré en la vereda. Mi NO fue NO para todo: ni desnudo total ni torso desnudo. Me fui caminando con un cartero muy joven que me deseó suerte como actriz y desembocamos en la plaza frente al cementerio de La Recoleta. Ahí el cartero se despidió y seguí caminando sola. La otra voz: en ese barrio se chupan las chicas. Es donde más prostíbulos hay, son de la red de trata de personas. El padre de la reina Máxima también trabajó con los dictadores y los hijos no tienen la culpa, supongo. Aunque tuve una compañera de actuación que el padre era policía represor y luego ella estuvo con el grupo del asesino, el que todavía no va preso. Quizás haya algo genético porque podría haber estado en el otro bando, que son artistas talentosos como el hermano actor de la mujer del presidente."*

Blood Window Blue Window

— Tienes tu última oportunidad si quieres ser Betty Blue. Cierra los ojos, haremos un ejercicio. Estás en una pradera, libre, tranquila. Empieza a acariciarte los pechos.

Lo hago sin ganas, burlándome. Tengo puesto el sostén y me toco sobre él.

— Ahora quiero que tu boca goce, jadea.

No lo hago.

— Sácate la blusa.

Lo hago.

— Acaricia tus piernas.

Lo hago rápido, sin ganas, como cuando de niña hacía los deberes que no me gustaban.

— Quítate el sostén.

Lo hago.

— Acaricia tus pezones y quítate toda la ropa, másturbate y acaricia el clítoris.

No me saco nada, me toco a desgano las piernas, los brazos. Él sigue pidiendo que me desnude, que me masturbe, que el clítoris, que el jadeo.

Abro los ojos. No quiero seguir escuchando más.

— ¡Que no me quito nada! ¡Que estoy indispuesta! — Me saco la copa menstrual y se la pongo en la boca, aprieta los labios. — Ah, no te lo tomas, entonces te lo aspiras. — De un manotazo, tira la copa que sale como un proyectil por la ventana. Paso mis piernas tijeras por la ventana de cartón que da a un patio de flores de plástico. Recupero la copa para ponérmela y veo a Jake con su cola de rastas teñidas de rojo sangre.

— Bueno, lo logramos. Ya podemos competir para Blood Window.

— Cierto —me sonríe Jake—. Vuelvo a pasar por la ventana al consultorio dental y al agacharme veo volar un vinilo que pega en la pared.

— JAJA erraste, sino me degollabas y hubiese estado bien Blood Window.

Tengo la copa en la mano, debo esterilizar antes de ponérmela.

— ¿Qué es esa porquería? — Max enojado.

— Me lo regaló mi madre porque los tampones y las toallas contaminan el planeta. La copa dura diez años. Es reutilizable y ecológica.

— ¿Por qué no te conviertes en vendedora de la copa menstrual?

— Sí, estaría bueno. Tengo que escribir el speech de la vendedora de copas como si fuera un monólogo. Puedo hacerlo en las esquinas de la calle con un cáliz y voy dándole ostias, pero no sé las oraciones. Y luego les mando las ventajas de usar las copas biodegradables que duran diez años. — Intento volver a ponérmela.

— ¿Vas a ponerte eso sucio en el coño?

— Sí, si no voy a manchar la escenografía. Bueno, deberás baldear el patio antes de filmar. Cuando llegue al apartamento, la esterilizo.

— ¡Coño! ¡Qué generación bizarra! Sigamos, quiere verte desnuda y que te masturbes.

— Hasta aquí llegué, que el personaje lo haga otra. —Me abrocho la blusa, él se levanta y abre la puerta que está detrás de mí.

— No te preocupes, vas a hacer un personaje y te voy a doblar en las escenas de desnudos.

Sé que me miente. No va a darme ningún personaje y no me va a dar las direcciones para Alana. A los 19 ya me siento asqueada y cansada de ir de audición en audición y encontrarme con los Max que se multiplican (como la Malvada del filme de Bette Davis se multiplica en los espejos), Max en todos los castings de todas las productoras del mundo. Muchas chicas los graban y escrachan a Max en las redes sociales. Lo despido con un beso. No voy a regresar, Alana seguro sí.

Jake me acompaña hasta la puerta. Aunque esté buscando sus sueños, también él quizás sea un Max con el tiempo, deseo que no.

La calzada de fuego me ahoga y me obliga a tomar otro taxi hasta mi apartamento. Escucho que alguien me silba, es Mara BeBoop desde la puerta. Me señala que vuelva, me acerco y me alcanza una tarjeta: "No digas nada a tu Jake porque se lo cuenta a Max, este miércoles preséntate a una audición en esta dirección. Es un teatro, ya hablé y te van a esperar. Prepara un personaje para Magas de Oz, van rotando las actrices son de distintas nacionalidades y cada una hace un personaje de 22 minutos. Es un mix de actrices y esotéricas, hay una francesa que tira el tarot de letras hebreas, está la que te tiró el I Ching. Lo produce una modelo dueña de un canal de TV. Nos vamos todos los sábados a Madrid en su avión privado, seguro te contratan. Merde!"

"Merci!" —y corro contenta hacia el taxi. Nos saludamos con la mano y ella se apresura a entrar.

El taxista es de origen marroquí, me habla y le sonrío. Programamos un sábado a la noche al aire libre; le digo que me pase a buscar más tarde. Mientras me da tiempo a ducharme y preparar un bolso para viajar a medianoche a Sant Adrià de Besós, decido pasar un domingo en familia. A las 9 regresa, vamos a una plaza, nos abrazamos y bebemos cerveza. Me invita a la pensión Lolita donde vive con sus amigos, también de Marruecos. Compartimos una alegre cena exótica. Él sale a comprar cigarros, uno de ellos aprovecha y me toma de un brazo, ninguno habla español. Me tontea e intenta conducirme a la fuerza a una pieza oscura. Lo miro aterrorizada, entonces aparece una mujer que me sonríe y me empuja hacia esa pieza, me señala al bebé que duerme plácidamente. Siento la fresca brisa que entra por la ventana, los tres lo observamos respirar en la noche luciérnaga. Un cartel de neón del hotel de la esquina proyecta el haz de luz sobre la piel brillante del bebé, y le susurro:

♫♪ Y un rayo misterioso

♫♪ Hará nido en tu pelo

♫♪ Luciérnagas curiosas que verán

♫♪ Que eres mi consuelo ♫♪

Así es mi vida de Señorita Rastafari. Tengo este instante y millones de instantes donde siento, como Abelardo Castillo, la sensación agradecida e inexplicable de que el mundo es una joya inmensa.

WINNER
BERLIN
RED SORGHUM
A ZHANG YIMOU FILM
Starring
GONG LI
"★★★ A MUST SEE...
LUSHLY AND BREATHTAKINGLY FILMED...
BRILLIANTLY DIRECTED."
–NY POST

Rojo conjuro con Zhang Yimou

Bajo del colectivo 71 y cruzo la plaza Miserere a las dos de la tarde. Me llama la atención un grupo de personas haciendo un exorcismo, una de ellas en el medio, supuestamente poseída por Satanás.

El círculo devoto grita a coro: "¡Sal, demonio, sal!". Me alejo de la plaza y sigo escuchando el coro repetitivo: "Sal demonio, sal. Sal demonio, sal. Sal demonio, sal".

Camino por Avenida Rivadavia algunas cuadras hasta llegar a la clase de danza. Durante más de dos horas nos disponemos a dibujar imágenes con el cuerpo, pintando el espacio con lo que está dentro de nuestro inconsciente. Sirenas y diferentes personajes mitológicos se adueñan del espacio. Comparto la clase con otros compañeros. Al finalizar los ejercicios, cada uno comparte su experiencia del viaje con el cuerpo. El dibujar con el cuerpo es, de todas las artes, la que más placer provoca y moviliza. Emitir sonidos arcaicos, gestualidades y movimientos hacen del danzador un mago, una pitonisa que transmite el mensaje de los dioses en cada función.

Me dirijo caminando hacia Boulogne Sur Mer 549, donde proyectan un documental argentino de contenido social, al estilo de La Hora de los Hornos o Los Hijos de Fierro. Los directores del documental son Marcelo Céspedes y Carmen Guarini. Visto con calzas, una remera rayada, borcegos y una camisa de jean. La boletería está cerrada, pero uno de los acomodadores me informa que hoy es el día en que proyectan preestrenos y solo entran los que tienen abono. Me ofrece pasar gratis.

Observo que todos están muy bien vestidos y yo muy informal. Es un día especial ya que el Cine Club Núcleo afiliado a la federación internacional de Cineclubes, recibe el Premio al Mejor Cine Club. Lo conduce su fundador, Salvador Sammaritano, desde 1953, a quien conozco del programa "Cine Club" que veo en canal 7 desde el comienzo de la democracia. Hablan y festejan más de una hora en el escenario.

En el programa veo "Sorgo Rojo", República Popular de China. Director: Zhang Yimou. Primer film de Yimou. Esta película obtuvo el Oso de oro a la Mejor Película en el Festival de Berlín 1988. Basada en la novela de Mo Yan, seudónimo que significa "no hables". Su nombre verdadero es Guan Moye y sus padres eran campesinos. También Yimou vivió sus primeros años en el campo.

Comienza la película. Una voz en off narra la historia de sus abuelos y las penurias del campesinado durante la invasión de Japón. La trama inicia con un palanquín rojo que conduce a la novia hacia su casamiento. Un velo rojo la cubre, mientras ella esconde un cuchillo entre las ropas. Sin embargo, el casamiento no llega a consumarse, ya que el anciano, con quien debía casarse por obligación, muere asesinado. Este anciano era el propietario de los campos de sorgo con los que los campesinos elaboraban el vino.

Los japoneses ejecutan actos atroces, de una crueldad extrema. En una de las escenas van a despellejar vivos a unos campesinos. Solo veo la mirada terrible del primer campesino al que van a despellejar. Comienzo a sentirme incómoda. Intento salir, pero no puedo pensar. No respiro, no sé si siento un profundo frío o calor. Ya no veo, es como si otra persona pidiera permiso para salir entre las butacas hacia el pasillo. Esta persona comienza a gritar, y puedo verla desde el techo. Grita y cae. Los espectadores piden detener la proyección con más fuerza. Prenden la luz mientras siento que la oscuridad me observa.

Cuando logro ver las primeras luces, estoy acostada en el piso del Hall del I.F.T. Me habían llevado desvanecida. Al lado mío está un médico que me explica, y les explica a los espectadores la razón de mi desmayo. Me falta azúcar, seguro que hace horas que no como. El cuerpo no segrega... No escucho lo que me explica, aunque me lo repite varias veces. Seguramente me pusieron azúcar bajo la lengua. Estoy rodeada de una multitud que lo escucha atentamente. Yo, desde el suelo, observo las cabezas flotando en un cielo indefinido. El médico me asegura que estaré bien y me recomienda comer algo en el bar que está a mi derecha en el hall. Faltan cinco minutos para que termine la película y la multitud vuelve a la sala.

Un grupo de ocho o diez personas decide quedarse para acompañarme, la mayoría son profesionales de la salud. También hay un chico altísimo que trabaja en el Teatro Colón.

Nos dirigimos al bar y pido un sándwich y una gaseosa chica; se niegan a que pague y se ofrecen a hacerlo ellos.

Mientras bebo la gaseosa dulce, tenía bastante sed, escucho cómo cada uno da una explicación diferente sobre por qué me desmayé. Una profesora de yoga me sugiere tomar clases de esa disciplina ya que la respiración podría ayudarme en situaciones como esta. Una psicóloga me comenta que esa escena me remitía a lo que había sucedido en la Argentina durante la dictadura militar y aún no lo había elaborado. Hablarlo en terapia sería otra solución. Escucho muchas explicaciones, no dejan de hablarme para borrar la imagen que me causó miedo. La película ya ha terminado y todos los que salen de la sala me miran. Pienso que no quiero que Salvador Sammaritano me vea porque siento que arruiné el festejo.

El chico del Teatro Colón me acompaña hasta la Avenida Córdoba, donde debo tomar el colectivo 140. Caminamos por el barrio del Once oscuro y ya desierto, hablamos de cine; ambos coincidimos en ver los ciclos de la Hebraica, La Lugones, el Cine Arte, el Cosmos y el centro cultural Rojas. Su director preferido es Fassbinder, sabe toda su vida; que la madre era actriz, que la ponía a Hanna Schygulla porque le gustaba el culo, que no se bañaba durante un mes, ¡peor!, ¡no se cambiaba el calzón durante todo el rodaje!, y su muerte por una sobredosis. Mi película favorita de Fassbinder es Querelle, basada en la novela de Jean Genet "Querelle de Brest"; me fascinaba ver a Jeanne Moreau en bata en el burdel tirándole a los marines las cartas del tarot, su presencia cautivaba en solo unos minutos.

El chico se ofrece a acompañarme hasta mi departamento, pero ya me siento bien y le agradezco. El 140 con sus rayas rojas corre por Av. Córdoba, es mi transporte urbano en la ciudad. A mi derecha veo la mansión de Silvia, una compañera del conservatorio. Me bajo en Avenida Monroe, en mi departamento una lámpara alumbra la noche, a diferencia de la oscuridad de los campos que daban espacio a fantasmas. Me dormiría recién a las cuatro de la mañana, hora en la que el dueño de la verdulería de abajo llega del mercado central y abre la persiana, ese sonido es la señal de que él velaría mi sueño.

Diez años después, la cámara de Crónica TV se ubica en el lugar de mis ojos para enfocar la esquina donde la mafia china ha asesinado a una pareja en Navidad. Veo la muerte desde una ciudad lejana entre tías que corren con valijas repletas de regalos. Al volver al departamento me enteraría que vivían lindantes a mi edificio del lado de la Avenida Alvarez Thomas.

Julia y el Argonauta de papel

—¡Julia, ¿creés que el mundo gira alrededor tuyo?! —la retó su madre.

Julia, parada frente a la puerta, esperaba ver con sus enormes ojos la mano de su mamá abriéndole la puerta para ir a jugar con sus amigos. Pero al escucharla, se dio cuenta de que su deseo no sería posible, al menos por esta noche.

—¡Ya son las once y se me hace tarde para trabajar! — prosiguió apurada la madre—. Es hora de cepillarse los dientes, ponerse el camisón ¡y a dormir!

Julia, que no se resignaba, la desafió alzando la voz:

—¡Pero a todos los chicos los dejan jugar!

—Estas no son horas de que los chicos estén en la calle.

Julia no se daba por vencida y, muy segura, argumentó:

—Es verano y estamos de vacaciones, y todas las mamás se quedan sentadas en los bancos charlando hasta la madrugada.

—Yo no puedo acompañarte.

—Llévame y alguna mamá me va a cuidar, como lo cuidan a Martín mientras su mamá toca el piano.

—No me hagas acordar que desde acá tengo que escuchar cómo se ensaña con ese pobre piano.

—¿Por qué no te gusta si todas las mamás le piden que toque para escuchar música mientras ellas charlan?

—Yo necesito silencio para trabajar.

¿Por qué no era como las otras mamás? ¡Justo a ella le había tocado una mamá aburrida y partidaria del silencio! ¿Por qué no podía charlar con las otras mientras ella jugaba con sus amigos a "Dígalo sin hablar"? ¿Por qué? ¿Por qué? ¿Por qué? —se preguntaba en silencio mirándola a los ojos, hasta que tuvo que bajar la mirada para disimular que le venían asomando las lágrimas.

—¿Empezamos con el teatro? —la reprendió la madre, advirtiendo lo que ella pensó que era el último recurso de su hija para convencerla—. En esta casa, las reglas las pongo yo.

La desafiaba siempre, y eso era algo que como madre la disgustaba.

—¡No me digas que hago teatro porque sabés que no me gusta que me digas eso! —y se dio vuelta alejándose por el pasillo y mascullando un "mala" que la madre no alcanzó a escuchar.

Pasó por la habitación de su abuela, que ya estaba acostada. Como todas las noches, le dio un beso y le deseó: "Que sueñes con los angelitos".

Cuando ya estaba entre las sábanas, la mamá pasó para apagar el velador y desde la puerta le regaló una sonrisa. Julia pensó una vez más, ¡qué linda es mi mamá!, y esa sonrisa le calmó el miedo del alma.

Luego, escuchó sus pasos apresurados que se perdieron por el largo pasillo. Esta noche, como todas las otras, se quedaría trabajando frente a la máquina de escribir.

Julia sola miraba las paredes de su habitación, plateadas por la luz de la luna que se filtraba por la ventana, y pensó que su mundo se veía como el Planetario. Lejanas, muy lejanas, se oían las exclamaciones y las risas de los niños tratando de adivinar las películas que tapaban las voces y las conversaciones de las madres. ¡Cuánto se estaban divirtiendo!

La máquina de su mamá comenzó la música de teclas. Si trabajaba mucho y le iba bien, quizás podría comprarse una computadora. Entonces, sí, la computadora haría el trabajo por ella y las dos podrían salir a jugar.

¡Ah!, si al menos la luna estuviese bien redonda, podría ver al conejo de la luna para que la acompañase en su noche solitaria.

Comenzó a imaginar los lugares donde le gustaría estar, con su prima Larita en Madrid. ¡Hacía tanto que se había ido! Le tiró un beso a la luna para que ella se lo diera.

No podían compartir ni siquiera la luna, por una cuestión de tiempo, le había explicado la mamá.

Pero la luna todavía estaba en Madrid, y aunque Larita durmiera, la tranquilizó pensar que la luna era inteligente y le daría su beso en los sueños.

Deseaba poder viajar, pero era cada vez más imposible. Se le llenaron los ojos de lágrimas, y la luna, con una linterna de lata, le envió un haz de luz que iluminó un sector de la almohada. Entonces, Julia pudo ver que junto a su cabeza había un abanico de papel. ¿Lo habría hecho su abuelita para abanicarse en el caluroso verano? ¡Seguro se lo había olvidado cuando jugaron juntas toda la tarde! Lo agarró y lo puso frente a su cara para verlo mejor, se sentó y se apoyó en el respaldo de la cama.

Sorprendida, vio cómo en su mano al abanico le salieron patas y dos antenas que en sus extremos tenían ojos que la observaban.

—¡Ahh! —suspiró muda Julia. Y desde su asombro, no pudo dejar de ser curiosa y preguntar: ¿Quién eres y de dónde vienes? ¿Saliste del Cartoon Network? ¿Eres un ser de otro planeta? Y a esas preguntas le siguieron otras, una catarata de preguntas.

El exótico ser quería hablar, pero le resultaba imposible ante la verborragia de Julia. Enojado, le propuso: "Cuando yo diga 'Bari di', podés hacer una pregunta. Y cuando yo diga 'Bari la', después de habértela respondido, podés volver a hablar y seguir preguntando si así lo querés. ¿Está claro?"

Julia tomó aliento para decirle: "Estás en mi cuarto y aquí las reglas las pongo yo. Vos sos un forastero, y puedo echarte cuando yo quiera".

—¿Cómo?

—Puedo gritar y hacer que venga mi mamá.

—¿Y perderte la sorpresa que te tengo?

Quiso preguntarle cuál era tal sorpresa, pero debía disimular su curiosidad para no ceder ante tal arrogante ser, y argumentó:

—Mi mamá no me deja hablar con extraños.

Pero esta noche ella haría una excepción.

—Nos vamos al Mar del Sol.

—¡Ah! Si el Sol no tiene Mares y ya es de Noche.

—¿Querés ir? ¿Si o no?

Si, se entusiasma Julia.

Y Saltan juntos la Noche por la rayuela de cefalópodos.

Una pez con alas les abre el portón dorado, y les da la bienvenida. Avanza coqueto en las aguas mientras narra. "En el Mar del Sol viven seres mágicos y coloridos. ¿Creías que en el sol no había Mar? Pues lo hay y es muy hermoso, en él habitan muchos amigos, cuatro de ellos son Pulposol, un pulpo soleado de cálidos sentimientos, el inquieto y vivaz Argonauta de Papel, quién te ha traído hasta aquí, la bella y sabia jibia Purpurina que destella color esperanza, y el nautilo Pompilo con sus vetas doradas que reflejan su gran imaginación y creatividad. Te encantará dialogar con ellos y pasar juntos largas horas."

La invitó a un casa de té muy hermosa llamada Calipso que se deslizaba serena y a comer ricos postres en enormes copas de colores, el postre constaba de bizcochuelo helado adornado con cerezas, frutillas y obleas. Había varias mesas y en una de ellas escuchó conversar a Gregorio y a Hemingway recordando cuando navegaban a bordo del Pilar y se cruzaron con un viejo en plena batalla con un pez grande, los tiburones lo rodeaban, y le ofrecieron ayuda pero les gritó que no se entrometieran, después se enteraron que había muerto, eso entristeció mucho al Hemingway por eso escribió El viejo y el Mar. También recordaban la hazaña del escritor cuando sacó un pez espada enorme, estaban solo ellos dos y tardaron tres horas en sacarlo.

En uno de los escenarios de Calipso estaba Morel con una pantalla de agua dónde parece que siempre dialogaban Bioy y Borges en la eternidad. El que abrió la conversación fue Borges: —Mi querido Bioy cuántos años de llevamos de entrañable y profunda amistad bajo el espejo de la luna. Nos unió la literatura, nunca pensamos en la gloria o la fama.

Bioy: —Borges usted para mí fue la literatura viviente.

Borges: —Y yo siempre sentí que usted compartía una actitud ante las letras que para mí era lo principal en la vida. De las letras surgió el universo. Sabe de mi fervor por la Cábala.

Para los dos lo más importante era comprender.

Bioy: —Usted fue la primer persona que conocí para quién nada era más importante que la literatura. Usted siempre me hizo sentir que yo era su par.

Se escuchó una canción y Julia miró hacia el planeta rojo, Bowie, si era Bowie cantando Life On Mars?

Bioy se levantó para buscar un refresco y apareció Mister Brad y se sentó junto a Borges.

Borges: —Mister Brad yo escribí el prologo de Crónicas Marcianas para editorial Minotauro en 1955.

Bradbury : — Le agradezco lo que explicó sobre los viajes imaginarios. Lo que más me gusta de su prólogo es la posdata de 1974, ahí me da el título de heredero de Poe, de la gran imaginación del Maestro Allan Poe. ¡Infinitas gracias, Borges! En uno de los cuentos de mi libro Más rápido que la luz, vuelvo al pasado para visitar a Allan Poe, Herman Melville y Oscar Wilde para decirles que los quiero y qué hay gente en el futuro, en nuestro tiempo que también los quiere. Ellos están en sus camas y les voy poniendo nuevas ediciones de Moby Dick y le digo : "Herman despierta no has sido olvidado". Lo mismo le digo a Poe tres grandes talentos a los que me siento con la obligación de darles mi amor.

Borges: —No tiene que agradecerme he disfrutado leyendo su literatura como he disfrutado La Isla del tesoro y Las mil y una noches, una idea maravillosa, uno vuelve una y otra vez a los libros que ha amado. Es muy hermoso el cuento y la idea de agradecer a Poe que escribió en el frío, la pobreza, sin ser reconocido en su época. El futuro siempre te regala otros finales. El futuro y las ficciones.

Bradbury: — Los libros son niños que podemos sostener, son amigos que podemos tocar, probar, oler.

Mister Brad se volvió a todos los tripulantes del Calypso y les aconsejó "entren en las bibliotecas es mejor que entrar a internet. Yo no pude estudiar pero vivía en las bibliotecas, de allí es todo mi saber".

Julia recordó que su abuela le contó que leyó todos los libros en la biblioteca popular, cuando pudo comprárselos convirtió la casa en una Biblioteca.

De repente se escuchó un tumulto bajo la casita de té, asustada Julia temió fuera Kraken, el legendario pulpo enorme que pudiera absorberlos y arrastrarlos no se sabe a qué oscuro lugar. Pero no, era una manifestación con María Elena Walsh quién con un megáfono se dirigió a Mister Brad.

María Elena Walsh: —Mister Brad ¡usted se enteró que su casa dónde vivió 50 años en Los Angeles, fue vendida y derribada! ¡La casa dónde escribió sus libros es Patrimonio Cultural de la Humanidad! Ya organizamos una marcha.

Mister Brad respiró profundo todos estaban allí para apoyarlo. y María Elena le sugirió que pronucie un discurso.

Brad eligió hablar de "Zen en el arte de escribir"

Los alentó: "Primero escriban, aunque sea un borrador, luego tendrán tiempo para corregir. He tenido pasión por la escritura, la vida, Marte, esa pasión luego se convertirá en joyas de la literatura, escriban sobre los miedos y los que los apasiona. Me apasionaba Moby Dick y el tiempo y la práctica me dieron la oportunidad de escribir el guión para el director de cine John Houston. Me fascinaban los monstruos, esqueletos, los circos, las ferias, los dinosaurios, Marte, el planeta rojo, con estos primeros ladrillos construí Mi Vida y es la vida de mis libros finalmente MI CASA. No tengan miedo de escribir, después de escribir 52 cuentos no pueden ser malos, no se sientan menos que otros que escriben, sigan y sigan escribiendo, escriban de sus miedos, escriban de lo que les apasiona, ¡escriban!

AHORA POR FIN, ESTOY EN MI CASA. JUGUEMOS EN EL MUNDO MARÍA ELENA. ¡MUCHAS GRACIAS!

Julia que había escuchado y mirado todo ese mundo deslumbrada quería seguir descubriendo más pero pensó que debían regresar, que ya era hora de volver a su casa.

—Apúrate —le pidió asustada Julia al Argonauta—. Si mi mamá se despierta y no me encuentra, me va a retar.

Acostó a Julia y se despidió de ella. Juntos miraron las estrellas que se despedían por la ventana. Antes de dormirse, Julia sintió que todos los seres que había conocido esa noche brillaban como luciérnagas, encendiéndole el corazón de esperanza.

El Argonauta ya estaba en la habitación de la abuela, que con los ojos entrecerrados buscó algo debajo de su almohada que la aliviara de la calurosa noche. El Argonauta se dio cuenta y la abanicó. Con una sonrisa plácida, la abuela continuó en sus sueños.

En la vereda reinaba el silencio. El piano descansaba, las charlas y los juegos habían cesado. Helena dormía sobre la máquina de escribir. El Argonauta estiró sus patas, sus brazos y se estiró. Se deslizó por el rodillo de la máquina de escribir hasta quedar lisito, lisito como un papel. Sacó una de sus patitas y se escribió:

"Helena, en unos minutos tendría que abrir la tienda como lo hacía todos los días, pero antes descubriría que el sol ya no saldría para una de las ventanas de la casa. En la ventana de la abuelita se había quedado instalada la Luna."

*En la Rayuela de Cefalópodos se encuentra con Brandbury, Bioy Casares, Borges, Bowie y otros escritores. Puedes seguir en el blog http://fabio-lamosca.com

Lady of the games

Se necesita sólo tu corazón

Olga Orozco

Desde la ventana del primer piso, Beatriz observaba al grupo de chicos que conversaban en el patiecito andaluz, todavía movilizados con el cuento "La casa de Asterión" y la obra teatral "Los Reyes". Había acertado en elegir a Borges y a Julio Cortázar para comenzar el curso de primer año. Desde la primer clase los había encantado; tomaban nota de todo lo que ella decía, aunque hablara a la velocidad de la luz y sin respirar, algo que por ahora no podía cambiar. “Las clases de la Morelli están re alucinantes”, había escuchado por las escaleras.

Los alumnos habían tomado por costumbre anteponer el “La” a las profesoras; eran La

Figari, La Toledo; los profesores eran simplemente un nombre: Mirko, Roberto, Julián. Con una sonrisa, prestó atención a sus reflexiones; los jóvenes se hacen preguntas y preguntas, luego el tiempo los obligará a olvidarlas. "Admiro a Cortázar porque puede escribir lo que siente, lo que a nosotros se nos presenta como un sentimiento pero no lo podemos explicar con palabras, sólo lo sentimos", Martín hablaba con las manos y afirmaba las palabras con un golpe en su otra mano, y seguía tocándose la cabeza para reafirmar más palabras. "Y a él se le presenta ese sentimiento, lo explica, lo puede definir, y resulta que lo escribe que no es solo su sentimiento sino el sentir universal", sacudiendo la cabeza y poniendo sus dedos largos en las sienes. "¿Cómo lo hace? me pregunto, es un genio, sorry es mi humilde opinión".

Le siguió Joaquín, su compañero de improvisaciones. "Yo siento que los artistas no trabajamos para hoy, trabajamos para el mañana. El arte es lo único que tenemos para vencer la muerte". Joaquín, tan alto, hablaba al cielo y sus palabras eran las de un soñador.

La imaginación del actor vivía en su cuerpo, se destacaba entre todos por ella. Dibujando una espada en el aire, la firuleteó en un espacio imaginario para asegurar que esa es la espada para vencerla y poder lograr la inmortalidad por sus obras artísticas; siguió dibujando y trazando palabras en el tiempo, pintura, poesía, teatro, música se hicieron presentes a partir de sus palabras y sus manos en el patio andaluz. Mientras materializaba sus pensamientos tenía el porte de un poeta clásico, o así lo veían sus compañeros.

Tomó una rama real de uno de los árboles e hizo una corona que posó sobre su cabeza con un histrionismo hidalgo y soñó: "Puede ser que alguien me haga vivir dentro de siglos cuando me interprete en su piano, cuando me vea en el cine, cuando lea mis obras", con un leve movimiento de cabeza terminó: ¿por qué no? Su opinión movió a risas; Carina riendo le dijo “¡Payaso! Esta es una conversación seria”, y siguieron las risas.

"Shhhh Shhh" con el dedo entre los labios, Carina trató de volver al orden la conversación.

—Los muertos viven en la memoria de los que seguimos viviendo y cada uno vive hasta que muere aquel que nos recordaba y nos quería. Cuando mueren los que nos sobrevivieron, volvemos a morir también nosotros, los muertos —reflexión de Carina.

—Yo también pienso que los muertos mueren definitivamente cuando muere aquel que nos recordaba y alguna vez nos quiso. Hasta entonces vivimos en su recuerdo, es otra manera de seguir viviendo, viviendo al fin —reafirmó Claudia los pensamientos de Carina.

—Ellos, los muertos, también sintieron lo que nosotros hoy sentimos, lo absurdo de la vida, pero ellos han terminado con la espera. Yo les preguntaría: "¿Qué sienten ahora, y si la respuesta es nada, la nada qué es?" —se interrogó Pablo. Todos los consideraban el más inteligente e intelectual. Mientras, Graciela, Mariana y Fabiola permanecían calladas mirando pasar las palabras. ¡Difícil que estuvieran calladas! Pero sus charlas más largas las tenían en el baño de damas, sobre todo mientras se peleaban por el único espejo. Roberto, el profesor de actuación, las confundía, confundía a Mariana con Fabiola y a Mariana con Marisa, por lo que Mariana estaba obligada a ir al espejo del baño a mirarse, para corroborar cuál de las tres caras era la suya.

Joaquín se apresuró haciendo aparecer una lámpara encendida cerca de su cabeza: —Tengo una idea para perpetuarnos en el tiempo. Acordamos un nombre para el grupo, y tallamos nuestros nombres en los árboles con nuestras reflexiones existenciales y en la centuria que viene, otros estudiantes tendrán inquietud por saber quiénes fuimos.

Todos estuvieron de acuerdo, aunque Martín argumentó que ellos ya formaban un dúo cómico que seguro sería muy famoso. Pablo y Fabiola, que coincidían en el conservatorio y la facultad de filosofía, le dijeron que la fama no es la trascendencia; consideraban que la fama era algo estúpido, y que es importante trascender por algo que realmente tenga valor y otro tema a discernir es qué es realmente importante para la humanidad.

—Podés ser un famoso boludo —rió Graciela —disculpen, disculpen si me excedí.

—Bueno, lo dije con onda. Zoorry si los incomodé – dijo Martín.

—Zoorry que ellos también te lo dicen con onda —le contestó sarcástica Claudia.

—Ya salimos en el Clarín y La Nación porque un chico del turno noche que hace transformismo se disfrazó de monja y se masturbó con una cruz. Parece que le cayó mal a la Curia y le abrieron al conservatorio una causa; ahora que se arregle el rector normalizador — dijo Mariana, poniendo su mano en el pecho aseguró —eso para mí vale la pena es un hito trascendental en este momento de ruptura para lograr salir de tantos años de censura.

Mi mamá lo leyó y me llamó preguntándome si lo sabía —rió Fabiola —le dije que no. Volviendo a la trascendencia, ensayando con Freddy me apuñala tantas veces que creo que voy a lograr la inmortalidad.

—Roberto dijo que en Historia del Arte les pasaban diapositivas con una línea negra tapándole la concha y las tetas a las pinturas, y en el grupo de él hubo desaparecidos. Lo de los desaparecidos es una dolorosa verdad, pero lo de tapar las obras de arte con una línea negra me cuesta creerlo —Martín sonrió y terminó la frase —baaaa me suena a bolazo, aunque puede ser cierto.

Claudia recordó el programa de TV que había visto la noche anterior. —¿Vieron ayer el recital de la trova cubana? —tarareó la canción "Yo no te pido que me bajes una estrella azul, solo te pido que mi espacio llenes con tu luz".

—Los artistas son también estrellas fugaces, los vemos un instante y en ese instante nos deleitaron —le respondió Graciela.

—Yo también lo vi —exclamó entusiasmada Carina —si, ese momento fue mágico porque el público alzó las pequeñas llamas de sus encendedores mientras cantaban a coro encendiendo la noche.

—Nuestras vidas como luces de luciérnagas que titilan perdidas como partículas de polvo aterrizamos en Argentina más específicamente en la E.N.A.D. bajo el sol de la democracia —con esta frase se acercó María Elena que pertenecía al otro grupo de primer año de la tarde, mirando a la sala que daba al patio siguió : —ja! cuando estemos en cuarto año nos va a tocar la Konstantín Stanislavski que tiene escenario, luces, nos va tocar un teatro.

Hubo un revolotear de manos y un vaivén de cuerpos que se unieron en la canción “yo no te pido que me bajes una estrella azul solo te pido que mi espacio llenes con tu luz”

En Plaza Las Heras había existido una cárcel y aún hoy, por las noches, los pensamientos encerrados y las esperanzas de fuga se expandían entre los árboles. Siguió avanzando, sin pensar. Después de todo, ella era la otra cara, el reverso, los ojos que podían ver pero no ser vistos. Ella era el misterio, una amante escondida a la que desean pero no aceptan mostrar. Ella, la belleza y el horror. Como un animal, tenía que salir a cazar, dar el salto y atrapar la presa. Esta vez no había sido difícil, su pasión por los textos nunca la había dejado respirar.

Carina sintió la presencia, les transmitió con la mirada que se unieran y formaran un círculo. Los miraban desde la sala del primer piso; no eran los ojos de ninguna persona de este mundo. Otra dama había tomado el lugar de la profesora, se había adueñado de su mirada. Comenzaron a recitar unidos el poema conjuro:

"Reina de las espadas,
Dama de las desdichas,
Señora de las lágrimas:
en el sitio en que estés con dos ojos te miro,
con tres nudos te ato,
la sangre te bebo
y el corazón te parto"[1]

Desde el techo de la Sala 2, escuchó los chicos corriendo hacia la pecera, la llamada, el sonido de la ambulancia, los golpes de los delantales blancos. "Es hija única", "hay que avisar a los padres", ellos dirían que tenía problemas de corazón desde hace tiempo. Comenzó el ascenso con las voces que se multiplicaban abajo: "quién le diría a los padres", "ella estaba medicada por problemas de corazón", "pasaba apenas los 30 años". Y ya retirándose al silencio, lo que más le había gustado era hablar. Se fue alejando de los teléfonos que multiplicaban sonidos y párpados de tristeza.

---

[1] Poema Para destruir a la enemiga de Olga Orozo

Se vio en la Facultad de Filosofía y Letras el día que una alumna le entregó los manuscritos de las cartas de un Julio Cortázar cuando firmaba Julio Denis, y subieron por el atestado ascensor y siguieron hablando entre el bullicio. En sus manos se llevaba las ansiadas cartas. La cazadora, ya lejos, pensó que ella siempre ejecutaba una danza perfecta.

El Arquero y las nubes

¡Los días pasan tan deprisa!

Ellos nos hacen comprender qué fugaces son los años que dejamos atrás.

Los amigos gozan juntos de los capullos de cerezo en las mañanas primaverales; mas luego se marchan, como los capullos, arrastrados por los vientos de la impermanencia, sin dejar más que sus nombres.

Los pétalos se dispersan, pero los cerezos volverán a dar flor, cuando llegue la próxima primavera.

Sin embargo, ¿cuándo renacerán estas personas?

Nichiren Daishonin S. XIII Japón

Se encontraron en Eros frente al cine después de que retumbó en el cielo el portal del Dragón. Ella tiene en sus manos un sobrecito de azúcar que da vueltas entre los dedos y sus ojos están pegados a las luces de neón que anuncian "Romeo y Julieta"; le había gustado la escena de la pecera, ese jugar entre los peces y la de la pileta, cuando en el agua Julieta le pregunta: "¿Cómo llegaste hasta aquí?". "En las alas de mi amor", le responde Romeo. — Ayer fui al supermercado y las cajeras comentaban que media película la vieron sin sonido —se apresura adivinando que quiere ir al cine y él solo espera terminar el café para hacerle el amor en algún camino oscuro. "Lo que hago ahora no voy a hacerlo más", —sigue diciéndole mientras mira por televisión el clásico Boca—River— el otro día saqué a un chico de la laguna, murió de hipotermia. —Todavía estás a tiempo de estudiar —no sabe sobre qué hablar, no comparte su amor por la música, ni los libros, ni el cine. Entre ellos pasaban icebergs, podía contarlos, se alejaban. Y Enamorado la miraba desde lo alto, donde podía soñar y sobre el blanco proyectar sus sueños, hubiese querido que el día tuviese cuarenta y ocho horas para concretar alguno pero tenía doce horas y a la mayoría de sus días se los comía la rutina. Además, con doscientos setenta pesos se sentía atrapado en la ciudad pez, no era un consuelo que el fotógrafo del diario cobrara sesenta pesos. Quizás algún día sus ojos se encontraran. Subieron al auto y tomaron por un camino de tierra, a ella la puso nerviosa el patrullero que pasaba a cada rato y no quiso hacerlo, él con el codo apoyado en el volante seguía atento el resultado del partido por la radio. River había ganado. La acarició su "por lo menos tuviste una alegría", cuando se volvió hacia ella ya no estaba. A la Paloma la cautivó el verde menta y el tiempo instalado en la eternidad, lo percibió desde la ventanilla del colectivo en las ramblas con palmeras centenarias y en las bicicletas recostadas sobre las escalinatas de la iglesia. Con la plata de la herencia compró una casa frente a las plazas, desde el balcón podía ver la intendencia, la iglesia, el hotel. Una mañana de sol cruzó y se anotó en los talleres municipales para dar canto, creó un coro, cantaban para los aniversarios de los pueblitos y las fiestas patrias; para un nueve de julio cantaron "New York—New York" y hubo quienes llamaron a la radio local protestando. ¡Le encantaba Liza! La imitaba pintándose las uñas de colores como Sally Bowles en "Cabaret". Comenzaron las inundaciones, durante las giras la ruta era una delgada soga entre los campos bajo el agua, cuando la ruta desaparecía los cruzaban en bote. Ya no hubo presupuesto para cultura, tuvo que decir adiós y comenzó a quedarse en la casa, sola. Al principio miraba televisión, los miércoles "Días de Cine", los jueves "Los siete locos", los viernes "El libro", los lunes "La librería en su casa"; después, cuando la ciudad se volvió nublada, permanecía horas en la cama mirando pasar las nubes, algunos celestes salpicando el blanco. Finalmente, las nubes lo cubrieron todo, la opaca luz que entraba por la ventana dibujaba en el techo una pileta con agua de luces, y su mirada se perdía días en ese arriba acuoso.

Hasta que una tarde, en la terraza, se encontró con esos ojos amarillos que buscaban entrar en la casa.

Por el vecindario averiguó que habían pertenecido a una antigua fábrica de pastas, ahora cerrada. Recordaba haberlos visto al regresar de sus caminatas de domingo; la miraban desde detrás del vidrio de Las Malvinas; eran dos, ella había muerto y él durante un tiempo se había dejado morir. Lograron revivirlo con mimos y juegos. En su nueva vida solitaria, andaba por toda la manzana; cuando aparecía, comían juntos, jugaban durante horas y se animó a seguirlo en su recorrido por techos y cornisas. Andando caminos de aire, sintió que su casa estaba en ese vaivén del alma donde se quedaba escuchando el sonido cálido de alas y plumas, que se le hacía como un percusionista ejecutando en pequeños corazones.

Un día, mientras se bañaba y ejercitaba la escala en el baño de cerámicas verde mezquita, comenzó a llover. El chaparrón y el aletear de las palomas la llamaron hacia las cornisas. La lluvia pegándole en la cara, el viento haciendo remolinos de hojas y meciendo las palmeras, las palomas sacándose el agua de las plumas, hacían el concierto en la ciudad nublada. Esa música le hizo pensar que si se quedaba viviría muerta; debía animarse a dar un salto hacia lo alto.

Desde las nubes, los techos se transformaron en una pantalla de cine, y hacía años que no iba al cine. Los días de lluvia le gustaba ver "Las alas del deseo", coincidía siempre con Batato Barea, un actor que lo absorbió la luz. Recordó el monólogo de Marion: 'Ser por los colores. ¡Los colores! Los neones en el cielo del atardecer, los tranvías rojos y amarillos... Nostalgia de una ola de amor que creciese en mí'. Vio películas disparadas desde un tiempo luz, "Stalker", "El sacrificio", "El espejo", "Rumble fish", "Blue velvet", anduvo por los pasillos en "Marienbad", se perdió en los pantanos de "Down by law", siguió al pez de "Sueños en Arizona" por las ciudades.

Muy a lo lejos, escuchó la sirena que avanzaba por las calles en una mancha roja. ¿Paloma o Sirena? Cuando estaba en la Gran Ciudad, despertaba a las seis de una tarde sin sol y salía despertando baldosas. Compraba el "Clarín" de la mañana ante las risas de los que ya sabían por dónde caminaba el mundo. Cerraba las persianas para que no la vieran buscando un nombre en la hoja de sepelios. Se vestía con un traje de hojas, bajaba las escaleras, cerraba la puerta y se despedía soplando su casa de hojas. Tomaba el colectivo, la hacían bajar por pagar con una hoja, y continuaba patinando por las calles hasta llegar a su fosa, y taparla con las últimas hojas de "Clarín" de la mañana a las seis de la tarde.

Enamorado de las Sirenas o proyeccionista, pensó que cuando a la ciudad se le ocurría llover, podía estar días lloviendo, extraña sensación de cuerdas de agua que ejecutaban el preludio para el clave bien temperado de Bach; le quedó en el oído desde "Bagdad café". ¡Morirse de tristeza! Aunque fuese a Sudáfrica a visitar a Mandela, asistiese a

Cannes a ver cine de Persia, anduviese por los blancos acantilados de Dover, y otras tantas veces escuchase jazz en Nueva Orleans. Salirse del preludio a andar por la cuerda de sol, podría pedir trabajo en el cine Cosmos de la calle Corrientes, donde siempre proyectaban cine ruso. Llegó a pensar que los actores ahorraban su vida en el celuloide como se ahorra dinero en un banco y podrían contar con las horas filmadas para sobornar a la muerte; un Prometeo alimentando a la ficción era Michael Caine, ¡cuántas horas tendría vividas en el celuloide y con cuántas horas contaría para vivir el tiempo extra! Con una película suya dieron una función gratuita y regalaron licores de dulce de leche, chocolate, menta, mandarina, naranja; todos se durmieron en las butacas. La lluvia, esa catarata de aplausos, le estaba haciendo una grieta en el pensamiento, aunque la esperaba para ver pasar a la Sirena.

Al bombero le llevaría hasta el mediodía limpiar todo; a esa hora ya habría terminado y nadie notaría nada, salvo los pocos que iban a misa. Con el día nublado, se quedarían en sus casas y la ciudad permanecería desierta. Volvería a estar en la primera página del diario; su vida era invisible, pero su misión lo congelaba en el tiempo. Le gustaba verse, le parecía que era otro, y guardaba los diarios con su colección de D'Artagnan, El Tony y Fantasía. Era el protagonista del día a día del pueblo; los canillitas iban por las calles gritando las noticias, también había sido canillita, repartía desde las cinco, hora en que las mujeres comenzaban a barrer la vereda, hasta las ocho, en que entraba al colegio.

Se extrañaba el sonido cálido; tendría que llevar algunas al laboratorio, las demás las quemaría. ¿Habría alguna peste? O quizás desratizaron las palmeras y murieron ellas. ¡Comerse las palomas! Los niños andaban con hondas cazándolas para la cena, ¡cuántas veces lo había hecho! Pero ¿cómo pudieron matar tantas? Estas eran sus tres hipótesis.

Ya había levantado cientos; subió la radio y agarró el periódico que les dejaban gratis en el cuartel. En primera plana estaba la noticia que había conmovido al país y dos fotos en las que había participado: un auto dado vueltas y caído a una cuneta, y un camión que transportaba hacienda volcado en la ruta. De la radio salió la voz del tenor; dejó el diario en el asiento y miró hacia arriba. La vio como una aparición entre la niebla, el pelo largo oscuro y la bata azul ondulando en el balcón; la imagen se perdió por unos segundos y volvió a aparecer en la terraza. Se quedó fijado en ella hasta que terminó el Ave María, sin ningún pensamiento, simplemente mirando.

El gato había caído a una pequeña terraza y no podía salir; debió pasar ahí toda la noche. Después de prepararle la comida, encendió la tele; la muerte de la cantante lo invadía todo, la imagen de un rojo escarlata se repetía una y otra vez: la camioneta roja, las botas rojas y la sangre derramada en la ruta en las horas de Sagitario. Buscó en el libro de Goshos, carta a Niike, febrero de 1280. Ahí estaba el infierno como una horrenda morada de fuego; el infierno del loto rojo sangre se caracterizaba por un frío intenso que hacía doblar a la persona hasta que la espalda se le partía y la carne sangrienta se abría como una flor de loto. Pero peor aún era el infierno del gran loto sangre; cuando uno caía en ese estado, de nada le servían la fama y la fortuna.

Suspiró aliviada; el anonimato y su casa de alas la resguardarían de la muerte.

Fueron a lo de la Señora Kobaiashi; la casa sencilla estaba habitada por muñecas con kimonos, porcelanas, muebles laqueados, cuadros de Hokkaido y banderines con ideogramas. Aunque las máquinas de la tintorería nunca paraban, desde las baldosas y macetas del patio se respiraba el silencioso perfume de la tierra pura. La Señora Kobaiashi les sirvió un té, después de ofrecerles sake, que ellos rechazaron. Y poco a poco fue llevándolos por los rieles del tiempo hacia Japón de 1278; en una de sus cartas, Nichiren Daishonin refiere la historia del general Tigre de Piedra. Abrió el libro de Goshos (cartas) y leyó:

"La madre del general Li Kuang fue devorada por un tigre feroz. El valeroso guerrero acechó a la bestia y la atravesó con una flecha, pero entonces descubrió que lo que había visto era sólo una roca. La flecha se había clavado en lo profundo de la piedra. Sorprendido trató de repetir la hazaña, pero no pudo perforar la roca por segunda vez. Luego, llegó a ser conocido como el general Tigre de Piedra".

Ante la duda reflejada en las miradas de sus invitados, la anfitriona buscó en el Shi Chi o Registro del Historiador el capítulo 109. Li Kuang había sido un general de la dinastía Han temprana, sirvió al Emperador Wu y se destacó en arquería; falleció en el año 119 a. C. Presurosa, tomó el volumen 10 del Konjaku Monogatari (Cuentos de hace tiempo), donde figura la historia de su venganza contra el tigre que asesinó a su madre. Cerró y apiló los libros, advirtiéndoles que en otras versiones el que murió así fue su padre.

El Señor Kobaiashi había interrumpido su actividad, los saludó y se dirigió hacia las macetas, posó su mirada una y otra vez sobre las plantas. Ella se levantó y lo acompañó en su rito mariposa sin pronunciar una palabra. Él regresó a su trabajo y ella a explicarles el ichinen zanzen, tres mil mundos en un instante de la vida. Debían desarrollar ese ichinen (decisión) que, como una flecha, atravesara el pasado, el presente y el futuro, y les permitiera instalarse en la eternidad. Los acompañó por el zaguán hacia la puerta y los vio alejarse como dos plumas azules y leves en el atardecer de Olazabal esquina Donado.

—Hoy es el día del diablo.

—Sabes que no creo en esas cosas.

—Algún día vas a necesitar creer en Dios, ¡acuérdate! El veinticuatro de agosto en el campo nadie salía porque decían que el diablo andaba suelto.

Quiso preguntarle si sabía cocinar, pero estaba seguro de que pasaba días sin comer reflexionando acerca de lo místico de la vida. En cambio, él se levantaba pensando en qué iba a comer ese día; le daba energía para comenzarlo.

—Lo que más me gusta son los canelones a la Rossini. Me mantengo delgado porque salgo a andar en bicicleta. Me gustaría tener una familia; mis amigos ya están casados. A veces pienso que voy a salvar a alguien y me va a dar un trabajo, aunque el sueldo no fuera mucho. Los culpables son los gobernantes; hay que frenarlos de alguna forma.

—Mis sufrimientos no tienen culpables; cada uno es dueño de su destino.

—Mi mamá cocina para un supermercado y sale por la tele dando recetas. Mi papá se la pasa en el centro de jubilados jugando a las cartas. Una vez al mes, con mi hermano, vamos a la basílica de Luján a pedir por trabajo. Esta vez no fui para acompañarte, pero voy a ir hasta la virgen del camino, que está más cerca.

No se atrevió a decirle que, al igual que Julio, creía que "los hilos de la virgen se llaman también babas del diablo", y se acordó de la multitud en la basílica cuando tenía cuatro años; el olor a velas y a traspiración la hicieron vomitar. Dos años después, la mandaron a un colegio católico donde había una capilla con estatuas sufrientes; le quedó grabado en la retina ese dolor mudo en la oscuridad. Desde entonces, había deseado el amarillo y los rostros felices; debía aferrarse a él como a una soga para no convertirse en laguna.

Le extrañó que no le mencionara lo de las palomas, aunque ni el diario ni la radio comentaron el hecho; tendría que preguntarle al veterinario sobre el resultado de los análisis.

Eros los envolvió en un abrazo cálido y los perdió por algún camino. La invadió una tristeza profunda. El gato desapareció. Venía a su memoria una y otra vez, subiendo las escaleras con gracia y elegancia; le daba belleza a la casa. Le había parecido que, mientras estuvieran juntos, podrían atravesar el mar de sufrimientos. Cuando lo conoció, quiso ponerle Orson, luego Florencio por Julio, pero desistió pensando que ya tendría un nombre.

Salió a buscarlo por el vecindario; todos lo querían, hasta la señora a la que le había matado la paloma. La tranquilizó su "seguramente se fue tras una gata, ya va a aparecer". En el almacén, una joven le contó que también había desaparecido su gato y el de su hermana, que vivía a la vuelta. Escuchó que dos mujeres decían: "anda mucha gente con hambre", y le vino la imagen de los que revolvían la basura; en su espantosa miseria, estaban rodeados de animales vagabundos con quienes compartían su comida. Ya no compraría pan para ella Pro Plan para el gato, como decía la canción.

Buscó el teléfono en la guía y la invitó a cenar el sábado. En la puerta le presentó al abuelo que la esperaba ansioso por contarle su historia, en la cocina la madre hacía lasañas rellenas, se sentaron a una pequeña mesa redonda, también estaba el hermano simpatizante de Boca Juniors.

Había llegado de Italia siendo un niño, aquí su padre era bombero y lo ayudaba atando los caballos a las autobombas, en esa época no existían las sirenas, tiraban al aire tres granadas con mortero si era un incendio, dos si era una inundación y una si era un auxilio. Para construir el cuartel salían los domingos a pedir ladrillos y durante la semana, después del trabajo, hacían de albañiles; durante años para mantenerlo, organizaron bailes y kermeses, ahora vendían una rifa.

Viudo hacía algunos años, había tenido cuatro hijas, las dos mayores vivían detrás del parque y eran modistas desde que Evita les había regalado una Singer, siempre les había ido bien y ayudaban económicamente a los sobrinos.

La voz de la madre como una ola llegó a su oído izquierdo: "en la época de Perón hasta las sirvientas andaban de tapado de piel". De la alacena sacó las revistas ASÍ entre platos y bandejas, las escondía desde el setenta y seis, y las puso sobre la mesa para mostrarle a una Evita en sepia vestida como la cenicienta junto al general y como una muñeca de cera, durmiendo el sueño eterno, en la noche más funesta.

Otra ola con la voz de él a su oído derecho: "en el Hospital Alemán operaron a Emilie Schindler y el plantel de River le pagó la prótesis", discutía con el hermano sobre fútbol.

Su otra hija vivía en Dock Sur, ella y el marido también eran voluntarios, un veintiocho de junio, día del bombero, fueron todos para allá, estaban preparando una gran fiesta cuando sintieron una gran explosión, luego una segunda, corría el año ochenta y cuatro.

El calorcito del horno se había expandido por toda la casa, saboreó las lasañas blandas y tibias y disfrutó de la mesa familiar.

El barco petrolero Perito Moreno flotaba sobre doscientos metros de fuego, ¡once días tardó en arder! Colaboraron bomberos de veintitrés cuarteles, y ellos le preparaban la comida y le secaban la ropa.

Se abstrajo durante unos segundos... necesitaba tener una pasión como ellos tenían por el fútbol, el voluntariado, la comida, un fuego que no se apagara con agua.

El abuelo venía con la revista de Clarín a leerle un informe, eran cincuenta mil los bomberos voluntarios en Argentina, durante un tiempo cada cuartel recibía ocho mil pesos pero un veto de Menem suspendió la ayuda. Ya no había gobierno municipal, provincial y nacional que los ayudara, solamente contaban con la buena voluntad de la gente. Parece que Holanda o Estados Unidos iban a donar para comprar un predio donde construir una Academia Nacional que tuviera laboratorios, aulas y oficinas.

No podía escuchar más y se puso los caracoles en las orejas, sentía frases lejanas, voces que se perdían en el mar...

Leía "Noche de Reyes", su única compañía era Margarita en el vértice de la ventana, ya no se escondía, sabía que la quería y no iba a matarla, después de todo, las únicas venenosas eran las de los cuadros. O quizás fuera la bisnieta de Margarita, ya hacía meses que la acompañaba, ¿cuántos días más de vida le quedarían a su único familiar?

Shakespeare salva a una mujer del naufragio dándole un espíritu más fuerte que el abrazo del mar, un alma que nunca envejecerá ni morirá, haciéndola una heroína para siempre en una vasta costa vacía.

La marea del preludio trajo a su memoria una película de su niñez, el cómico debía pasar una habitación de bañeras blancas infectadas de cocodrilos y sus pies rozaban las bocas enormes; temía los dinosaurios que fueran a aparecer desde alguna dimensión del espacio y del tiempo y ponerse a su lado. De la marea de miedo a la del sueño de la laguna de reflejos azules donde se imaginaba una y otra vez como un pescador pescando papelitos que eran los sueños de los que soñaban. Nunca en domingo podía ir a pescar, la matinée para los niños comenzaba a las catorce y la trasnoche condicionada terminaba a las dos.

El padre llegó a la medianoche para contar el día que se le pasó sin darse cuenta. Aún era soltero cuando su familia viajó a Luján para la procesión del ocho de diciembre y él durmió todo un día. Cuando despertó no había un alma en el pueblo, por ahí vio a Machimbre y lo llevó donde estaban todos viendo cómo los familiares llegaban de la gran ciudad y los reconocían por las cadenitas, era entre las estancias Las Mercedes y La Florida, ahí se filmó una película con Tita Merello, "Los caranchos de La Florida”

Había sido un día de tormenta terrible y el avión sobrevoló dos veces la ciudad. Creen que lo partió un rayo. Eran todas parejas jóvenes que viajaban de luna de miel a Bariloche. Se habían casado el sábado. Había católicos, judíos y personas de otras religiones.

Llevaban muchas cosas de valor y por radio nacional dijeron que se habían robado todo. La gente se llevó pedacitos de avión de recuerdo. Lo que quedó fue a parar a la comisaría; a ellos los pusieron en cajones fúnebres y los mandaron en tren. Todo el pueblo fue a despedirlos. Fue durante la primera presidencia de Perón y todavía no había colectivos.

Con el fotógrafo del diario compraron dos chuletas para la cena. No pudo dormir en toda la noche, todavía sentía el olor a carne quemada.

La acompañó caminando a su casa. La burbuja hogar se diluyó en las calles. A diferencia de ellos, como Marion, ella era "alguien sin orígenes, sin historia, sin país; y me gusta así. Aquí estoy, libre. Puedo imaginármelo todo. Todo es posible".

Le había tocado un domingo libre. Después de comer, agarró la bicicleta y tomó por la ruta que llevaba a la virgen. A la hora de la siesta, los chicos jugaban fútbol en los baldíos. Pasó el frigorífico, el laboratorio de análisis veterinario. Le pareció que alguien tocaba el saxofón en la sala de necropsia. De vuelta pasaría por el resultado; el flamante barrio obrero con sus casas altas y las mujeres cocinando en la vereda.

Le volvió un domingo de su infancia, cuando su papá lo llevaba junto a sus primos al campo de Avelino. Jugaban entre las cañas de azúcar a ser guerrilleros que peleaban junto al Che en la selva boliviana y andaban silenciosos para que no los descubrieran.

A medida que pedaleaba, sentía que su pecho se ensanchaba de recuerdos. Le sacaban los chanchitos a la chancha y ésta los corría. Tomaban la merienda, un rico mate cocido en bombilla con masitas caseras que tenían forma de flor y dulce de membrillo en el medio. El broche de oro era cabalgar en el petiso. A él le tocaba último y salía cabalgando hacia el horizonte. Quería alcanzar el sol, pero cuando se iba acercando, el sol se alejaba.

Volvió la mirada del recuerdo hacia la laguna del cura. Le habían dado ese nombre porque se había ahogado un sacerdote antes de que él naciera. Se detuvo, había un bote dado vuelta y escuchó voces. Debía salvarlos. Dejó la bicicleta en la orilla y se internó en el agua. En el fondo todo estaba muy oscuro, no vio nada, sólo sintió el agua que cantaba para él. El niño siguió cabalgando hacia el horizonte y alcanzó a ver al arquero que entre las nubes disparó una flecha de luz. Salió a la superficie y respiró el olor a eucalipto. Se agarró al bote e intentó subir. Había resuelto el enigma y debía llegar hacia el celeste de la virgen.

Escuchó el grito sirena y sintió la presencia de él en alguna parte, una energía infinita desde el centro del universo corrió el telón de nubes negras. Volvieron las palomas a revolotear en el balcón, el canto de los pájaros y el gato regresó a sus rincones con el sol de la felicidad. En ese nirvana verde, pensó que lo mejor era volver a esa esquina por Mendoza antes de llegar a Donado, donde podía ver los tres árboles proyectar su sombra sobre el oro de los tigres a la hora de la siesta. Y volvería a sentarse frente a la Olimpia amarilla aún a costa de sacrificar la alegría.

Llegó cuando todos ya habían subido. En la terminal sonaba "Filosofía barata y zapatos de gomas".

Compró por primera vez el periódico local. Quería llevarse un recuerdo de él y en la primera página los bomberos sacaban a un joven de la laguna, un bote y una bicicleta completaban la foto borrosa.

A mediodía no viajaba mucha gente. Eligio asiento y guardó en el bolso el diario que nunca leería.

Nuevamente Marion:

“Basta que alce la mirada y vuelvo a hacer el mundo. Ahora, en este sitio, un sentimiento de felicidad que podría tener siempre”. Abrió el libro de Goshos y leyó "La ofrenda de un hitoe".

“En esta existencia, su sincera ofrenda constituye una oración, por el logro de cada uno de sus deseos y, a la vez, un tesoro. Cuando ustedes fallezcan, dicha ofrenda será la Luna y el Sol; será un camino, un puente, un padre y una madre, un caballo o un buey, un palanquín, un carruaje; será una flor de loto, una montaña y los conducirá a la pura tierra del

Pico del Águila". Trató de retener la última imagen de la ciudad, un film de agua y luz se evaporaba por el Aria sobre la cuerda de Sol de Sebastian Bach.

Lo interrumpieron los sonidos desde la platea, seguramente la película había quedado sin sonido, enredado en celuloide ya no podría continuar recorriendo el mundo.

Era hora de partir junto a los demás por esa luz que, según Olga Orozco, también es un abismo.

El arquero y las nubes es el nombre de una narración breve que Julio Cortazar escribio en su juventud, así lo cita en sus cartas.

El día que Carson McCullers se fue a vivir a Villa La Angostura

"Si pudieras lograr que tu madre muriera por segunda vez podrías estar preparada para luchar por una habitación privada dónde nadie más viera la televisión mientras ella muere,"
Lydia Davis Una segunda oportunidad

El día en que Carson McCullers se fue a vivir a Villa La Angostura dispararon a un diputado de La Nación. Lo vi salir de la puerta hacia Avenida Rivadavia. No era ni bajo ni alto ni gordo ni flaco, tenía bigotes e intenté acercarme para verle la cara cuando la música del celular me despertó. Tenía que llevar el paquete que había preparado el día anterior para enviar a otra ciudad, y de allí lo enviaban al correo central. Me levanté temprano, antes de las 6 am, como todos los días. Pintaba un día nublado y en unas horas el cielo lloraría.

Una hora después, comenzó a despertarse la casa. Desde el televisor se dibujaron las imágenes del diputado del partido radical baleado en horas muy tempranas frente al Congreso de La Nación y la muerte de su asesor. Aunque no lo vi, supuse que no tenía las características físicas del que se me presentó en el sueño.

El 9 de mayo de 2019, en la Feria del Libro, la ex presidenta Cristina Fernández presentaría por la tarde su libro "Sinceramente", al que asistirían muchas personalidades de los medios y la cultura.

Comenzó a llover a las 9 am. Con mi paraguas, crucé la plaza hasta el transporte que me llevaría a la ciudad más cercana. Todavía el correo del pueblo no tenía el servicio para mandarlo de aquí hacia el correo central. Mi alma caía y sentía felicidad al mismo tiempo que las gotas de lluvia se hacían lágrimas. Dentro de mi paquete llevaba a Carson McCullers y casi todas sus obras: "El corazón es un cazador solitario", "Frankie y la boda", "La Balada del café triste", "Reflejos en un ojo dorado" y "El aliento del cielo". Respiré profundo. Mi alma seguía cayendo y las lágrimas se mezclaban con la lluvia. Miré desde enfrente la casa donde miraban la impactante noticia. La niña estaba contenta por la venta, solo que no sabía que era Carson la que se iba de la casa. Volví una vez entregado el paquete por la misma plaza con el paraguas bajo la lluvia. Por la tarde siguió lloviendo y la presentación de "Sinceramente" se realizó en la 45 Feria Internacional del Libro.

Días después, el diputado fallecería. En cuanto al sueño pesadilla, es cierto como todos mis sueños pesadillas. Recordé a Eva, que había leído todos los libros en la biblioteca del pueblo. Luego, cuando pudo comprárselos, lo hizo de forma compulsiva. Desde niña nadé en un mar de libros. De todos los personajes que leyó, siempre quiso ser "El Príncipe Feliz" de Oscar Wilde.

Quizás lo soñó al final y me tocara a mí hacer la tarea golondrina. Días después, leí el mensaje entusiasta desde Villa La Angostura: "estamos contentos, era lo que esperábamos", y la alta calificación en la plataforma que me permitiría seguir vendiendo.

Tenía esperanza con esas ventas extras de poder pagar la prepaga, pero no lo logré nunca y se fueron yendo muchas Carson ese año. Ahora solo pienso en "El Príncipe Feliz" de Eva y en que cada una de las Carson está viviendo en el lugar que se la necesita, se las quiere y valora. Eva falleció en un hospital subzonal y luego de su muerte se sucedieron semanas y semanas de lluvias hasta inundar toda la provincia. Eva trabajó desde los 18 años y desde esa edad hizo los aportes jubilatorios. Eva trabajó y trabajó y de noche estudiaba para obtener un nuevo título, un nuevo conocimiento. Eva trabajó para poner luz y agua y salas de primeros auxilios en las villas. Eva trabajó y estudió para lograr abrir nuevas puertas. Eva, cuando lo necesitó, le negaron las ambulancias de PAMI, la obra social de los jubilados. Juré que me pagaría la prepaga para no terminar como ella, aunque tuviera que desprenderme de todo.

Noche peliroja

Cuidado.

Tengan cuidado.

Desde las cenizas me levanto

Con mi cabello rojo ...

Sylvia Plath

Julio Cortázar ve una tarde en el Aldwych Theater de Londres a una actriz "fustigar con el sedoso látigo de sus cabellos el torso desnudo del Marqués de Sade" y se fascina con ella al punto de escribirle dos cuentos: "Queremos tanto a Glenda" y "Botella al mar".

Aunque le cambia el apellido por Garson, todos adivinamos que esa actriz es para el mundo "La inglesa romántica", que ganó dos Óscares por "Woman in Love" y "Un toque de distinción" y que en ninguna de las ocasiones pasó a recogerlos por considerarlos una tontería. Los amantes del teatro saben bien cuál es la obra que Julio vio aquella tarde.

"Botella al mar" es una carta dirigida a ella, en la cual ya no oculta su apellido porque intuye, por una serie de circunstancias azarosas, que sus destinos se han cruzado de una forma definitiva. Escribe el cuento-carta en la Bahía de San Francisco y lo deslizará al mar mientras reflexiona acerca de las cartas, de los relatos y de los mensajes: "lentas botellas erran en lentos mares".

Piensa que las comunicaciones profundas se dan de esa manera, escribiéndole debajo de sus máscaras de escritor a la mujer que respira bajo tantas máscaras de actriz. Está convencido de que esa carta abrirá un camino para buscarla de una forma verdadera.

Pero los mensajes, hilos, cartas, son búsquedas de un solo lado, claridad de un destinador que siembra confusión en el destinatario o una errónea interpretación, como el hilo que en "Los reyes" le devuelve a Ariana un destino diferente a su deseo y con el que quedará unida a Teseo, al igual que en el mito clásico.

"Los reyes" es un poema dramático u obra de teatro poética desde la cual surge un joven Cortázar con toda la fuerza de lo fantástico;

Punto y coma porqué a quién como a Julio no le ocurrió que el Minotauro se nos sentara a nuestro lado en el colectivo de cualquier línea que surcan Buenos Aires volviendo del trabajo entre atardeceres y con esos ojos enormes e hipnóticos nos convence de que es un poeta y debe ser él el líder de una arcadia artística porque después de todo artistas y mitos son los sobrevivientes de los tiempos. Sólo hay que escribirlo.

En el laberinto juego

Jugadores

Crecer en el laberinto del miedo, del horror, la tortura y muerte.

Jugar en el laberinto que el verdugo tiñe de rojo con la sangre de sus víctimas.

Encendida la aguja, amenaza salirse del pajar. Quien encuentre el cuchillo será quien encuentre el lugar que alguien olvidó, y la herida que recuerda el dolor, que recuerda la muerte, que recuerda que hubo un sol en que crecer y jugar tan sólo era mejor que matar y esconderse en el laberinto que es hoy el pueblo que no quiere recordar el dolor porque el olvido es tan sólo un cruel escapismo que por el ojal se salió y habrá una Ariana que tienda el hilo que atrapará la aguja que por ahí se perdió.

Pica picana picada de carne de carnicero, que pica picada con una picana. Escucha, la cuchilla que se clava en la carne picada con una picana que pica. Juega, uno con el juego que hace fogata con la carne picada con una picana que pica, y con un cuchillo, el del carnicero que se toma el jugo de la carne picada con una picana que pica como un cuchillo que juega con fuego de una fogata que vomita por haberse tomado el jugo de la carne picada con una picana que pica y con un cuchillo que juega con el fuego de una fogata que vomita la sangre ensangrentada sin sabor simbólica de la carne picada con una picana que pica y con un cuchillo, el del carnicero que juega con el fuego de una fogata que vomita sangre ensangrentada sin sabor simbólica de la anemia de los cuerpos muertos brota, la sangre del alma que pica al carnicero, brota, la sangre del alma que pica con un cuchillo al carnicero, brota, la sangre del alma que pica con una picana al carnicero, brota, la sangre del alma que pica con un cuchillo al carnicero, brota, la sangre que juega con el fuego y hace fogata al carnicero, brota, la sangre que vomita su anemia, brota anemia, brota sangre, pica sangre, pica, quema y vomita todo lo que puedas, hasta que vuelva el carnicero. ¡Sigue jugando!

De Icaros y Dédalos

Espera el sol que Icaro se acerque, espera Dédalo que Icaro no olvide, espera el aire que Icaro lo abrace, espera el mar que Icaro caiga, espera la muerte que Icaro se acerque al sol, olvide a Dédalo, abrace al aire y caiga al mar.

¡Qué Icaro espera acercarse al sol!

¡Qué Icaro espera olvidarse de Dédalo!

¡Qué Icaro abraza al mar!

¡Qué Icaro espera la muerte!

¡Qué Icaro no espera!

Hay un Dédalo que por defender golpea, por salvar la vida mata, por proteger destruye.

Hay un Dédalo que pone alas que se rompen, obliga a volar y precipita a la muerte.

Hay un Dédalo atrapado en el laberinto, atado a la tierra que espera a la muerte.

Hay un Dédalo que empuja a Icaro del laberinto, lo desencadena del suelo y espera que viva.

Y hay un Icaro que acostumbrado al laberinto no sabe volar, no sabe de alas que se derriten, no sabe del sol ni de la caída ni del mar ni de la muerte que sabe Dédalo, que no muere porque no se atreve a volar, ¿por miedo a la fragilidad de las alas? ¿por miedo al sol? ¿por miedo a la caída, al mar, o a la muerte?

Hay un Dédalo que cobarde manda al frente y hay un Icaro que por volar muere.

Perra generación de cobardes que no mueren, pobre generación de valientes que no viven.

Y en el laberinto hay un Dédalo que se pregunta: ¿Icaro dónde estás? y en el fondo del mar hay un Icaro que en su último aliento alcanza a gritar: ¡Dédalo! ¿Dónde estuviste, dónde estás y dónde estarás?

Se ahoga Icaro abandonado, se ahoga en el fondo del mar, se ahoga por haber volado solo, se ahoga porque fue expulsado de su medio natural que ahoga, y se ahoga porque en el laberinto hay una Dédalo que también se ahoga y que ahoga cuando obliga a volar y que ahoga por expulsar del medio natural que lo ahoga y uno siempre se ahoga en el laberinto, en el aire o el mar y hay un sol muy alto que también ahoga.

Hay un Icaro que se desangra, que llora la impotencia de su cruel condición, vida precipitada al vacío, destino que es imposible de cambiar, angustia que es imposible aplacar, y odio por haber crecido en un laberinto y por las alas y por la vida y por la muerte y por haber sido y no poder ser más que un pobre Icaro sin alas que yace eternamente en el fondo del mar y hay Icaros que hoy están en la oscuridad..

Muertes

Muertes cotidianas, heridas que sangran sin sonido percepciones lejanas, llantos noctámbulos, lágrimas y más lágrimas, ruidos y más ruidos, gritos y más muertes.

Icaro que no pueden tender manos, Icaro que no puede moverse, Icaro que no puede nada, puede nada, sabe nada, Icaro en la nada.

Icaro nadie, sabe lo que significa nadie de suicidios cotidianos, muertes cotidianas en las que se pierde y no hace nada para salvarse y lo hace todo para morir en la muerte que le toca vivir en la calle que le toca evadirse y nadie nunca nadie lo salvará. Icaro se ahoga, nadie hace nada también Icaro nada hace nada en la nada para la nada para la muerte en la que nada.

La muerte que se nos instala en la quijotera y nos impide volar, la muerte que se nos instala en la boca y nos impide gritar, la muerte que se nos instala en el cuerpo y nos impide movernos, la muerte que se nos instala y nos impide ayudarnos, la muerte que se expande instalándose y nos inmoviliza colectivamente, matándonos la vida los sueños los días y nos instala en una sola noche de muerte de realidad no soñada nunca por nadie.

Ciclos

Afirmar la vida, crecer para olvidar la muerte que nos espera, palabras necias que salen del carnaval del miedo que pasó por un lento atolladero dónde la palabra murió, se ahogó la voz mas no calló la vida, sino qué hay un lento renacer, despacio vuela el pájaro de cuyas alas seguro no está porque hay un sol que espera destrozarlas, hay Icaros que se retuercen por el destino que les espera, hay Dédalos que esperan qué los Icaros no olviden y hay un sol siempre hay un sol con un mar que espera.

Hay un cielo y hay una mar, hay un círculo y una línea, hay la vida y hay la muerte, hay uno y hay ninguno, hay un yo y hay un multiplicarse, hay un yo y hay un extinguirse, hay un yo, ¡ay! un Yo, ¡ay! un hay, hay un ¡ay!

Y yo ¿qué seré?

Y yo ¿qué haré?

Y yo ¿qué pensaré?

Y yo ¿qué viviré?

Y yo ¿qué mataré?
Y yo ¿qué los otros?
Y los otros ¿qué yo?

Siempre será un recuerdo siempre será una historia siempre será una muerte siempre será un olvido.

Pero, hay un árbol que se desmorona, un cielo que se destiñe, un sol que se apaga, una luna que desaparece, un camino que se borra, un infinito que se termina, un hombre que se ahoga, pero hay.

Si la muerte que espera apareciera y arrasara con todo lo que está, si lo nuevo llegara a los oídos y no se perdiera más, si la vida reinara para siempre y el tiempo no existiera más, si la luna y el sol conviviesen sin que se tuvieran que turnar, si la luz iluminara la fría oscuridad, si hubiese un yo en los otros en el centro de la historia de la humanidad, si todo eso existiese ahí sí, yo existiría para siempre jamás.

Según Hans-Georg Gadamer, el juego en la experiencia vital es "das Spiel". Spiel es una obra de teatro, los jugadores son "spieler", la obra no se interpreta si no se juega, es "wird gespielt". "El sujeto del juego no son los jugadores, sino que a través de ellos el juego simplemente accede a su manifestación". "El sujeto es más bien el juego mismo"."

BONUS TRACK

La Jam de Glenda & Julio

Como Julio lo dibujó desde las teclas de su máquina de escribir en el 72 las anguilas estrellas desembocan en la calle Corrientes en las plateas de los teatros en las librerías abiertas hasta hasta las 5 de la mañana y los cafés latiendo las 24 hs caminamos a un ritmo jazz por el hall del Teatro San Martín en una vuelta en los 80 al ritmo de Oliverio de la calle Paraná en el subsuelo una vuelta al día en 80 mundos Julio toca la trompeta en la calle mientras las puertas del teatro San Martín se cierran y abren entre la gente del hall del teatro está Glenda porque tanto Julio como Glenda sintonizan la misma flecha del tiempo esa flecha que atraviesa las décadas los milenios y nos hace crear historias reales o imaginarias Glenda desde el hall canta al ritmo de la improvisación de Julio todo Corrientes es una Jam joya de azarosas melodías saben que luego del teatro irán a la pizzería Güerrin todas los elencos cenarán allí luego de la función saben que esas miradas están destinadas a encontrarse ojos cíclopes atravesando tiempos y se invitarán en solitario a leer los libros hasta las 5 de la mañana y esperarán en las puertas de las librerías que reabran a las 7 y seguirán en la mañana en un café dialogando risas castañuelas de almas melódicas aspirando los aromas de chocolate con churros de La Giralda por fin los ochenta nos desembocan en la eterna noche pelirroja en esa eternidad sólo aspiramos libertad y creación volcánica en una Jam de ciudades porque Buenos Aires es una y todas las ciudades en esa calle Corrientes que no duerme nunca esa eterna Jam de los ochenta dónde también hay aroma a tango que Glenda se atreverá a bailar cortando la calle pararán los colectivos y los taxis para danzar junto a ella y al mismo tiempo seguirá cantando la melodía que Julio improvisa con su trompeta iremos hacia Callao y pasaremos por El Palacio de la Papa Frita volveremos por Corrientes hacia la 9 de Julio cruzaremos y seguiremos por los teatros a escuchar otros conciertos en la noche eterna uno puede escuchar toda la música que le gusta en la noche eterna uno puede ver todas las obras de teatro que quiera en la noche eterna leeremos todos los libros porque esa noche eterna es la calle Corrientes que nunca duerme con sus librerías abiertas y allí estaremos y seremos hermanos que corren y tocan todos los libros y seremos madres que sacan las tarjetas de crédito para comprarlo todo seremos madres y niños llamando taxis para llevarnos los tesoros a casa luego de ver todas las películas en los cines que si cierran pero tarde muy tarde estar hasta la última función transnoche donde encontrarás una calle cinematográfica en la que desembocan todas las estrellas anguilas en la noche pelirroja Glenda y Julio tendrán horas deshoras porque así empieza *"Esa hora que puede llegar alguna vez fuera de toda hora, agujero en la red del tiempo (...)*

Así la galaxia negra corre en la noche como la otra dorada allá arriba corre inmóvilmente (...) flotando entre dos aguas"[2] porque hay que ser galácticos imaginarios y latir al ritmo jazz para adivinarse actriz escritor músico y saber encontrarse y desencontrarse de a

---

[2] * Textos de Prosa del Observatorio de Julio Cortázar 1972

ratos y volver a latir unísono al ritmo de la eternidad quien dijo que no vemos a Julio tocar todas las noches la trompeta en la entrada del teatro San Martín tocar sin poner la gorra pero le improvisamos una para que la llene de estrellas en el palacio del azar que es esa noche pelirroja en la que Glenda reina en el teatro del mundo que da vueltas y vueltas con todos los jugadores del jazz en los 80 mundos de Carson McCullers Truman Capote William Styron Tennessee Williams y Flannery O'Connor perfumando letras que giran por el multiverso.

Glenda giró hacia la izquierda y por Callao desde Santa Fe un fantasma corría alcanzándole un cuchillo para nuevamente jugar el rol de Charlotte Corday giró la quijotera hacia la derecha y por Callao desde Avenida Rivadavia le gritaban un ofrecimiento para ser Ministra de Transporte agarró el cuchillo con su mano derecha con la izquierda giró hacia los de la derecha señalándoles un stop y se sostuvo con la pierna derecha.

Miro al frente, al obelisco, y dio el gran salto hacia la punta donde clavó el cuchillo y comenzó a nadar hacia arriba dando brazadas y empujándose con las piernas hasta perderse en el espacio infinito.

Cuéntame un cuento

Entre libros y la oralidad, ahora puedo recordar los cuentos de Horacio Quiroga. Cuentos de la Selva y Cuentos de Amor de Locura y de Muerte no solo lo leíamos en las clases sino que cuando acompañaba a mi abuela paterna a la peluquería escuchaba los mismos cuentos con alguna variación aseverando de que eso fue cierto, realmente había ocurrido, poniéndoles nombres a los personajes, y trayendo de la lengua popular otros cuentos aún más terribles. Habían sucedido y las personas que ellas conocieron habían padecido esas aberraciones de la naturaleza animal. Aparte cuando llovía mucho y hacíamos el recorrido por modistas y demás lugares que frecuentábamos casi a diario aseguraban que habían llovido sapos yo miraba y en mi casa no, no caían sapos como en las otras casas cuando llovía por eso me gusta tanto Magnolia de Paul Thomas Anderson, por la escena de la lluvia de ranas

Aparte de los cuentos de Quiroga, recuerdo los de Misteriosa Buenos Aires, en una entrevista Manuel Mujica Láinez se sorprende de que en las escuela les den esos cuentos a los niños.

Si hago un repaso por los cuentos que a través del tiempo me han quedado están El cocodrilo y La casa inundada de Felisberto Hernández, de Lorrie Moore del libro Pájaros de América el de Sidra que se convierte en un pájaro flamenco halcón sólo hay que estar "Dispuesta" se llama.

De Borges con los años se me hicieron alma Everything and Nothing de "El hacedor" e Historia de los dos que soñaron de "Historia universal de la infamia"

Varios de Julio Cortázar aunque hace mucho que no los releo. En este libro menciono Queremos tanto a Glenda del libro del mismo nombre y Botella al mar de "Deshoras"

De Carver, los del libro Catedral "Plumas" y "Parece una tontería"

No tengo las ediciones en las que los leí porque siempre pienso que tengo que dar o despojarme para pasar a leer algo nuevo. Y a veces debo volver atrás y rescatar, ninguna de las ediciones nuevas me ha agradado tanto como las que yo leí. Si, los libros de Borges de tapa blanda los prefiero a los libros de tapa dura.

A Dino Buzzati lo leí en italiano me explicaban las frases y el fraseo, Una goccia, Lo scarafaggio, La ragazza che precipita, Conigli sotto la Luna de "La boutique del mistero". Fui a las librerías a buscar la edición en español pero al fijarme sentía que en la traducción se pierde la música, el ritmo, eso que hace vivir al cuento que late para avanzar un paso más y uno más e instalarte para toda la eternidad en la ficción.

Sobre la autora

Vivo en Argentina trabajando con la cabeza habitada de pájaros. Desde niña he navegado dos mares el de las obligaciones cotidianas y el de la ficción que necesito para vivir con magia. Desde antes de nacer escuchaba a mi papá tocar el saxo con la creencia que el universo es musical, necesito vivir una vida armoniosa en el día a día. No tengo esa sapiencia de la oralidad que otros poseen, los cuentos que iba inventando mí papá antes de dormirnos, o los que contaban junto a mi mamá a la hora de la cena, jugábamos palabras y las inventábamos al ritmos de las risas.

Porque a mí las historias en la quijotera se me tornan abstractas o quizás me tome la vida demasiado en serio. Hace años que tengo una negocio relacionado al hogar que me permite vivir y cumplir con lo que sociedad me pide y cruzar de a ratos a la orilla imaginaria.

No me considero escritora ni tengo demasiado tiempo para la lectura que si tuve cuando fui niña y adolescente, si me es absolutamente necesaria la imaginación que se despliega en historias, en los libros y en el cine. Los más importantes escritores argentinos son cuentistas por lo que hay una tradición de excelencia en el cuento argentino.

¿Cómo contactar con Fabiola Mosca?

Blog: http://fabiolamosca.com
YouTube https://www.youtube.com/@fabiollafly
Twitter: https://x.com/FabiolaMosca
LinkedIn: https://www.linkedin.com/in/fabiolafolk
Instagram: https://instagram.com/fabiollafly
Correo: folkfabiola@gmail.com

LA QUIJOTERA
Cuentos de Criaturas Urbanas
Fabiola Mosca

Made in the USA
Columbia, SC
08 February 2025

966c19cf-9ae0-4195-96ff-d773fadfae90R01